JN015344

ハリー・ムリシュ

長山さき◎訳

襲撃

Harry
Mulisch
De aanslag

Nederlands
letterenfonds
dutch foundation
for literature

This book was published with the support of
the Dutch Foundation for Literature.

目次

襲撃

すでにあらゆる場所が朝だったが、ここはまだ夜だった。
いつもの夜よりも暗くて濃かった。

ガイウス・プリニウス・カエキリウス・セクンドゥス（小プリニウス）
『プリニウス書簡集』第六巻、十六

プロローグ

はるか昔、第二次世界大戦当時にアントン・ステーンワイクという名の少年が、両親と兄と共にハールレムのはずれに住んでいた。百メートルは運河に沿って、それから緩やかなカーブでふつうの通りとなる堤防に、四軒の家がさほど距離を空けずに立っていた。どの家も庭に囲まれ、小さなバルコニー、出窓、急勾配の屋根がつき、小さいながらも邸宅の趣（おもむき）をかもしだしていた。上階はどの部屋も壁が斜めになっていた。一九三〇年代にほとんど改築されなかったため、外壁のペンキは剝（は）げ、荒廃した印象だった。どの家にも心配事がなかった時代の実直で市民的な名前がついていた。

ウェルヘレイヘン　（よい場所にある）

バウテンルスト　（外の安らぎ）

ノーイトヘダフト　（考えたことのない）

ルステンブルフ　（安らぎの砦（とりで））

アントンは左から二番目の茅葺き屋根の家に住んでいた。戦争勃発の直前に父親が借りた時からすでに〈バウテンルスト〉という名前だった。自分で名づけるなら、父は〈エレウテリア〉(自由)とでもしただろう。それも古代ギリシャ文字で。大惨事が起こる前にもアントンは〈バウテンルスト〉という名前を〈外にいることの安らぎ〉ではなく、なにかが〈安らぎではない〉というふうにとらえていた。〈バウテンヘウォーン〉という言葉が〈外にいることのふつうさ〉ではなく、むしろその逆に〈法外な〉という意味であるように。

〈ウェルヘレイヘン〉にはベウマー夫妻が住んでいた。退職した病気がちの業務代理人とその妻だ。アントンは時々寄って、彼らが〈カーキェ〉と呼んでいたビスケットと紅茶をごちそうになった(少なくとも、まだ紅茶とビスケットがあるうちは)。事件の歴史であるこの物語の始まる以前のことだ。時々、ベウマー氏が『三銃士』の中の一章を朗読してくれた。反対側の〈ノーイトヘダフト〉に住んでいたコルテウェフ氏は外国船の航海士で、戦争により働けなくなっていた。妻が亡くなり、看護師をしている娘のカーリンが家に戻ってきていた。アントンは裏庭の垣根の透き間からこちらの家に行くこともあった。カーリンはいつもやさしかったが、父親がかまってくれることはなかった。堤防の住人どうしの交流はほとんどなかったが、最も孤立していたのは戦争のはじめに〈ルステンブルフ〉に引っ越してきたアールツ夫妻だった。アールツ氏は保険会社で働いていたようだが、それも定かではなかった。

四軒の家は新しい地区のさきがけとして建てられたが、開発はそこで止まってしまっていた。横と裏手には雑草や灌木、それほど若くはない木々のある埋立地があり、アントンはその空き地で過ごすことが多かった。少し離れたところに住む子どもたちもそこに遊びにきた。夕暮れ時に母親が呼ぶのを忘れていると、香るような静けさがたちこめた。その静けさは彼を得体（えたい）の知れない期待で満たした。なにか将来に関する期待だ。大きくなったら起こるはずの物事。大地も木々の葉も身動きひとつしない。二羽のスズメが突然、鳴き声をあげて歩き回る。人生は、自分が忘れ去られた、神秘的で無限な、こんな夜のようなものだろう。アントンはそう思っていた。

家の前の道はレンガ敷きで、ヘリンボーン模様になっていた。歩道はなく、道路と草の生えた路傍が隣接し、緩やかに曳舟道（ひきふね）（運河の岸沿いの道）へと下降していたので、そこに心地よく寝そべることができた。幅の広い運河――緩やかなカーブだけがかつては川であったことを示している――の対岸には数軒、労働者用の小さな住宅と小さな農場があり、その向こうは地平線まで牧草地がつづいていた。そのさらに向こうがアムステルダムだった。戦争が始まる前には、夜になると街の反射光が雲に当たって見えた、と父親が言っていた。アントンは何度かアムステルダムに行ったことがあった。アルティス動物園と国立美術館、そして一晩泊めてもらう伯父の家に。運河の右手のカーブのところには、止まったままの風車があった。

そこに寝そべって遠くを眺めている時、脚を引っ込めなければならないことがあった。何世紀も前からやって来たような風貌の男が、草を踏みつぶした曳舟道をこちらに向かって歩いてくるからだ。男は先端が荷船の船首に結わえられた何メートルもある棒に直角に覆いかぶさるようにして、ゆっくり歩きながら船を押していった。髪を団子に結ったエプロン姿の妻が舵取りをしていて、子どもは甲板で遊んでいた。棒は、別の方法で使われることもあった。その際には男も乗船していて、水中の棒を後ろ手に引きずり荷船の甲板の横側を前方に歩いていく。甲板の前部に着いたら水底にその棒を斜め後ろに突き刺して握りしめ、船を前に押し出すように後ろに歩いて戻っていくのだ。アントンはそれが一番美しいと思っていた。船を前に押し出すために後ろに歩き、同時に同じ場所にいる――アントンはいつも夢中で見ていた。とても奇妙な現象だったが、誰かに話すことはなかった。それは彼だけの秘密だったのだ。後に自分の子どもたちに話して聞かせた時にようやく、自分がなんという時代に生きていたのかを認識した。もはやそんな光景を見るのは、アフリカやアジアの映画の中だけだった。

一日に数回、小型帆船（チャルク）が通った。こげ茶色の帆の巨大な船が静かにカーブを曲がって現れ、目に見えない風に押されて次のカーブで消えていく。発動機船はまたちがっていた。船体を上下に揺らしつつ船首で水面をV字に割り、その波紋が両岸に届くまで広がる。船はすでにずっと前方に進んでいるが、岸にたどり着いた波は突然、上下に動きはじめ、跳ね返り、逆のV、すなわちΛ（ラムダ）を成す。ラムダは次第に閉じていくが、今度は元のVと呼応する。ひずんで反対の岸に届き、また跳ね返り、運河の横幅いっぱいに複雑な波の編み模様が広がった。最終的に水面が静まり平たくなるまで、まだ何分間もあらゆる変化が起きた。

アントンは毎回、正確にはどんなふうに起こっているのかを突き止めようとしたが、そのたびにさまざまな要素が一つのパターンを成し、どうしても全体を把握することができなかった。

最初のエピソード

1945年

1

夜七時半頃。ストーブはわずかな薪で数時間、静かに燃えた後、冷えきってしまった。アントンは家の裏庭側の部屋で両親とペーターとテーブルを囲んでいた。皿の上に植木鉢の大きさの亜鉛の筒が載っていた。筒の上から先端がYの字に分かれた細いパイプが出ていて、両穴から二本の鋭い、目を眩ますような白い炎が結びあうように出ていた。器具の放つ生命力のない光が部屋を照らし、干した洗濯物（どの服も何度も繕われていた）、台所用品、アイロンをかけていないシャツの山、干草を詰めて食べ物を温かく保つ箱が、濃い影に見えていた。父親の書斎からもってきた二種類の本もある。食器棚の上の一列は読むための本で、床に積まれた小説はなにか料理をするものがある時に非常用ストーブを点けるためのものだった。新聞は数ヵ月前から発行されなくなっていた。寝る以外の生活はすべて、このかつてのダイニングルームで営まれた。引き戸の向こうの、道に面した居間は一冬中使われていなかった。少しでも寒さを凌げるよう、居間のカーテンは日中も閉められていたので、外からは空き家のように見えた。

時は一九四五年一月。ヨーロッパのほぼ全域が解放され、人々は祝い、食べ、飲み、性交し、徐々に戦争を忘れはじめていた。だがハールレムは次第に、まだ石炭があった時にストーブから出てきた灰色の燃え殻のようになっていった。母親は濃紺のセーターをテーブルの上に置いていた。半分はすでに姿を消している。アントンは左手に、次第に大きくなる毛糸玉をもち、そこに右手でセーターの毛糸を巻いていった。アントンは左右に動く毛糸を見ていた。その動きによってセーターはこの世から消えていく。袖を平たく広げた形は、なにかを妨げようとするが、球に変わってしまう人のようだった。母親が自分にほほ笑みかけているのに気づき、視線を本に戻した。母親の金髪は三つ編みにして巻き上げられ、二つのアンモン角のように耳にかぶさっていた。時折、彼女は手を休め、冷えた代用茶を一口飲んだ。裏庭の雪を溶かして淹れたものだ。水道は止まっていなかったが、いまは凍っている。母親は奥歯に虫歯があるが治療できないので、かつて彼女の祖母がしていたように台所に残っていたクローブを詰めて痛みを凌いでいる。母親が背を伸ばして座っているのとは対照的に、父親はその向かいで背中を丸めて本を読んでいる。禿げたてっぺんを囲んで、白髪の混ざる濃い髪が蹄鉄のように残っている。時折、息を吹きかける両手は粗野で大きく、地方裁判所の書記というよりも労働者の手のように見えた。

アントンは兄のお下がりを、ペーターも父親の大きすぎる黒のスーツを着ていた。ペーターは十七歳で、食糧が乏しくなった頃、突然背が伸びはじめたので、まるでモミ材の板でできているように痩せ細っていた。彼は宿題をしている。一斉検挙で捕まりドイツで強制労働をさせられる年齢になったため、この二ヵ月ほど外出を控えていた。二度落第したので、まだギムナジウム（大学進学を目指す六年制の学校で日本の中学・高校に当たる）の四年生で、ますます後れを取らないように、と父親から（宿題付きの）授業を受けていた。兄弟は両親同様、互いに似ていなかった。互いにそっくりの夫婦もあり、その場合はおそらく妻が夫の母親似で、夫が妻の父親に似ているのだろう（実際はもっと複雑なのだろうが）。だがステーンワイク家は二つの明らかな部分から成っていた。ペーターは母親の金髪と青い目を受け継ぎ、アントンは父親の濃い色の髪、茶色い目と薄茶色の肌を受け継いでいた。目の周りの肌はさらに少し肌色が濃かった。アントンも今は通学していない。リセウム（大学進学以外のコースもある中学・高校）の一年生だったが、石炭不足からクリスマス休暇が霜の溶ける時期までつづくことになったのだ。

腹がすいたが、明日の朝にならないとサトウキビのシロップを塗った、くすんだ色のべたつく食パンが食べられないことはわかっていた。午後、アントンは幼稚園の給食所に一時間並んだ。暗くなった頃、ようやく背中に銃を背負った警官の護衛付きで、釜をのせた荷車がやって来た。配給券に穴が開けられ、持参した鍋にお玉四杯分の水っぽいスープを入れてもらえた。空き地を越えて家まで歩きながら、温かくかすかに酸っぱいスープをほんの少しだけつまみ食いした。幸いもうすぐ寝る時間だ。夢の中ではいつでも平和だった。

全員、黙ったままで、外からもなにも聞こえてこなかった。いつでも戦争だったし、これからもずっとそうだろう。ラジオも電話も、なにもない。炎がパチパチ音を立て、たまに小さくはじける音がした。マフラーを巻き、母親が古い買い物袋で作った足を温める袋に足を入れ、アントンは『自然と技術』誌の記事を読んでいた。誕生日プレゼントにもらった一九三八年度版の古雑誌だ。

〈子孫への手紙〉という記事では、腕まくりをした恰幅（かっぷく）のよいアメリカ人研究者たちが、頭上に吊られた魚雷形の大きなガラスの容器を見つめていた。これから地下十五メートルに埋められるという瞬間だ。子孫が開けるのは五千年後で、ニューヨークの万国博覧会当時の文明を知る、という趣旨だった。頑丈なキュパロイ製のタイムカプセルの中には不燃性のガラスでできた円筒が入っていて、何百もの物体が納められている。科学や技術、芸術の現状を千万語、千の画像で示したマイクロアーカイブ、新聞、カタログ、有名な小説、聖書、三百の言語による主禱文（しゅとうぶん）、偉人たちのメッセージ、一九三七年の日本軍による広東（カントン）爆撃の悲惨な映像、種、コンセント、計算尺、その他あらゆるもの——女性の帽子や一九三八年の秋のモードに至るまで。世界のすべての重要な図書館と博物館に、コンクリートで封じた〈永遠の円筒〉の眠る場所を記した証書が送られた。七十世紀に見つかることを祈って。だがなぜ六九三八年まで待たなければならないのだろう、とアントンは疑問に思った。もっと早くに興味深いものになるだろうに。

「パパ、五千年前ってどのくらい前なの？」

「ちょうど五千年前だよ」ステーンワイクは本から顔を上げずに答えた。

「もちろんそうだけど、その時すでに……つまりさ……」

「はっきり言いなさい」

「だから、その時の人たちにも今のような……」

「文明があったの？」と母が助け船を出した。

「うん」

「なぜ君は彼に自分で言わせないんだ？」ステーンワイクはメガネ越しに妻を見つめ、それからアントンに向かって言った。「まだエジプトやメソポタミアで文明が始まったばかりだったよ。なぜそんなことを訊くんだ？」

「ここに書いてあるんだ。あと……」

「できた！」ペーターが辞書と文法の教科書から顔を上げ、ノートを父親の方に押しやってアントンの隣りに立った。「なに読んでるんだ？」

「なんでもない」アントンは雑誌に覆いかぶさるようにして隠した。

「見せておあげなさい、トニー」母がアントンの上半身を起こすようにして言った。

「ぼくだっていつも見せてもらえないのに」

「うそ臭いぞ、アントン・ムッセルトめが」とペーターが言うと、アントンは鼻をつまんで歌いだした。

「災いとしてぼくは生まれ、
災いとして死んでいく……」

「黙りなさい！」ステーンワイクは叫び、机を平手で叩いた。

ＮＳＢ（ナチス占領時に合法だった政党〈オランダ国家社会主義運動〉の略）の最高責任者、アントン・ムッセルトと同名であることで、アントンはよくからかわれた。戦時中、ファシストたちは息子をアントン、あるいはアドルフ、時にはアントン＝アドルフとさえ名づけることがあった。上にナチスの象徴のヴォルフスアンゲルやハーケンクロイツがついた誇らしげな誕生広告を見ればわかった。後にそういう名前の人や、〈トン〉とか〈ドルフ〉と呼ばれる人に出会うと、戦中生まれなのではないかと思った。そうであれば、その人の両親がナチスを支持していた――しかも熱烈に――のはまちがいない。戦後十年から十五年経つと、アントンという名はまた受け容れられるようになった。ムッセルトが取るに足らない人物であったことの証しだ。アドルフ名の方は二度と名誉回復しなかった。またアドルフという名の人たちが出てきた時に、第二次世界大戦はようやく過去となるだろう。だがそれにはまず第三次世界大戦が必要だ。ということは、アドルフという名の人たちはもはや永遠に出てこない、ということだ。アントンがペーターに対抗して歌った歌も、今では説明なしには理解できなくなった。まだ人々がラジオをもっていた時、ペーター・ペッフ（災いのペーター）の名でラジオで活躍していたお笑い芸人の鼻声の歌の真似だったのだ。だが今となっては理解できないことは他にもたくさんある。とりわけアントン自身にとって。

「ここに座りなさい」ステーンワイクはノートを手に取り、厳粛な声で訳を読み上げた。『雨と雪解け水によって増水した川たちが山脈から渓谷に激しく流れ、泉から溢れて窪んだ川底に合流する時のように、そして遠くの山から羊飼いがその轟音を聴くように、兵士たちの叫び声と乱闘の音は聴こえた』……すばらしいじゃないか」ステーンワイクは後ろにもたれ、一瞬、メガネをはずしながら言った。

「ほんとにすばらしいよ」とペーターは言った。「こんな厄介な文章を一時間半もかけて訳したら、よけいにね」

「これならたとえ一日がかりでも訳す価値があるよ。作者が自然をどんなに生き生き描いているか、見てごらん。間接的に、比較として。気づいたかい？　これを読んで記憶に残るのは、闘う兵士たちではなく自然の姿だ。それは今も残っている。戦(いくさ)は消え失せても川はまだ残っていて、今でもこの音を聴けるんだ。そうしたら、君がこの羊飼いだ。まるで作者がこう言おうとしているようだ。存在のすべては他の物語の直喩(ちょくゆ)であり、その物語を知ることにかかっているのだ、と」

「だからそれが戦争なんじゃないか」ペーターが言った。

　ステーンワイクは聞こえなかったふりをした。

「完璧だよ、よくやった。小さなまちがいが一つだけある。合流するのは〈川たち〉ではなく〈二つの川〉だ」

「どこに書いてあるの？」

「ここだよ。〈シンベラトン〉というのは二倍のことだ。二つの物が一つになることだよ。それでなきゃ二つの軍隊と合わないからね。これはホメーロス独特の形式なんだ。〈シンボル〉もそうだ。〈シュンバロ〉に由来し、〈集める〉〈出会う〉という意味だ。では〈シュンボロン〉はなんだか知ってるか？」

「知らない」ペーターの口調からは、知りたくもないのが明らかだった。

「なんなの？　パパ」とアントンが訊いた。

「半分に割った石のことだよ。たとえばパパがどこかの町に泊まるとするだろう？　宿の主(あるじ)に今度、おまえのことも泊めてもらえないか、と頼む。主はどうやっておまえがパパの子どもにまちがいないとわかるのか？　そういう時にシュンボロンをつくるんだ。主に片割れを渡しておいて、家にもどったパパがおまえにもう半分を渡す。おまえが宿に着いたら、二つがぴったり合わさる、というわけだ」

「それ、いいね！」とアントンは言った。「今度つくってみるよ」

ペーターが呻（うめ）いて顔をそむけた。

「なんでそんなことばっかり知らなきゃならないんだよ！」

「知らなきゃならないんじゃない」ステーンワイクがメガネ越しにペーターを見つめて言った。「人を豊かにするものなんだ。これが君の人生にどれほど多くの楽しみを与えてくれるか、きっとわかるはずだ」

ペーターは本を閉じて積み重ね、変な声で言った。

「人を観て笑わぬ者なし」（人は滑稽なものだという格言）

「それがどう関係するの？　ペーター」母親はそう訊（たず）ね、クローブを舌で歯に押しつけた。

「関係しないよ」

「どうせそんなことだろう」と言ったステーンワイクはラテン語で付け足した。「スント・プエリ・プエリ、プエリ・プエリリア・トラクタント」（子どもは子ども、子どもらしいことをするものだ）

セーターは姿を消し、ステーンワイク夫人は毛糸玉を編み物かごにしまった。

「さあ、寝る前にゲームをしましょう」

「もう寝るの？」ペーターが言った。

「カーバイドを節約しなきゃならないの。あと二日分しかないのよ」

整理ダンスの引き出しから、ステーンワイク夫人はルドゲームの箱を出し、卓上ランプを押しやってゲーム盤を広げた。

「緑がいい」アントンが言った。

ペーターはアントンを見て、呆（あき）れた顔で頭を指さした。

「緑の駒だと早く上がれると思ってるのか？」

「うん」

「では、お手並み拝見といくか」

ステーンワイクが本を開いたまま横に置くと、それからはサイコロが転がる音と、厚紙の上を駒が進む音しか聞こえなくなった。ほぼ八時、夜間外出禁止の始まる時間だ。外はあまりにも静かで、月にいるかと思うほどだった。

2

オランダの戦争の静寂に突如、六発の鋭い銃声が響き渡った。まず一発、それからつづけて二発、数秒後に四発目と五発目。しばらくして叫び声のようなものが聞こえ、六発目がつづいた。ちょうどサイコロを振ろうとしていたアントンは恐怖にこわばり、母親を見た。母親は父親を、父親は部屋を区切る引き戸を見たが、ペーターはアセチレンランプのマントルを持ち上げて、ボードの上に置いた。

部屋はただちに真っ暗になった。ペーターは立ち上がって前の方に駆けつけ、引き戸を開き、出窓のカーテンの透き間から外を窺った。たちまち、居間のかび臭い冷気が部屋に忍び入る。

「誰かが撃ち殺されたんだ」ペーターが言った。「誰か倒れてる」彼は急いで廊下に出た。

「ペーター！」母親が叫んだ。

母親が兄を追いかける音をアントンは聞いた。彼自身もがばりと立ち上がり、出窓に駆けつけた。

何ヵ月も見ていなかった家具——ひじ掛け椅子、ガラス板の下にレースのクロスを敷いた丸いサロンテーブル、瀬戸物の皿と祖父母の肖像画を飾ったサイドボード——を難なく避けて。カーテンも窓台も、すべてが氷のように冷たかった。ずっと前から誰もここで息をしていないので、窓ガラスに霜の結晶もついていない。月のない夜だったが、凍てついた雪が星々の光を受けていた。最初はペーターが適当なことを言っただけかと思っていたが、出窓の左側から彼にも見えた。

人気（ひとけ）のない道の中央、コルテウェフ家の前に自転車が倒れ、上を向いた前輪がまだ空回りしている。後にあらゆる抵抗運動の映画にクローズアップで出てきそうなドラマティックな演出のようだった。ペーターは前庭の小路を足を引きずりながら走って道に出た。数週間前から左足の指に腫（は）れ物（もの）ができて治らないので、そこに当たる靴の革を母親が切った。彼は、自転車の横の溝に横たわり身動きしない男の傍らに跪（ひざまず）いた。右腕はくつろいでいるように縁石にかかっている。アントンは黒いブーツが光るのと、踵（かかと）に鉄の金具が付いているのを見た。

母親は強いささやき声でペーターに、今すぐ戻るよう言った。ペーターは立ち上がり、道の左右を見渡し、再び男を見ると、足を引きずって戻ってきた。

「プルーフだ」アントンは廊下で兄が言うのを聞いた。声に勝ち誇ったような響きがある。「完全に死んでる。まちがいないね」

十二歳のアントンも知っていた。ファーケ・プルーフ警視が主任検査官で、ハールレムとその周辺一帯の最大の密告者にして殺人者であることを。彼は職場またはヘームステーデの自宅に向かう途中、よくこの道を通っていた。肩幅の広い巨漢で粗野な顔をしていた。たいていこげ茶色のスポーツジャケット、シャツにネクタイ、帽子を、黒い乗馬ズボンと丈の長いブーツに合わせていて、暴力、憎悪、恐怖の後光に包まれていた。同じくファーケという名の息子は、アントンのクラスメートだった。アントンはブーツを見つめた。見たことのあるものだ。何度か、ファーケが父親に送られて登校したことがあった。今そこに横たわる自転車に乗って。学校の入り口で皆が静まり返っていると、プルーフは周りにあざけるような視線を投げかけた。だが父親がいなくなると、ファーケはうつむいて校舎に入り、父親の及ぼした被害に自分で対処するしかなかった。

「トニー！」母親の声だ。「今すぐ窓から離れなさい」

新学年の二日目、まだ誰も彼のことを知らない時に、ファーケはユーフトストルム（NSBの若者版）のブルーのユニフォームを着て登校した。頭にはてっぺんがオレンジ色の黒い帽子を被って。九月の〈狂った火曜日〉——連合軍がオランダを解放に来たと誰もが思い、NSB党員と対独協力者の大部分がドイツ国境またはその先へ逃げた——のすぐ後のことだった。ファーケは一人ぼっちで自分の席に座り、教科書を机に出した。数学担当のボス先生は教室の入り口を腕で遮り、他の生徒が入れないようにした。すでに着席していた生徒は呼び戻された。彼はファーケに向かって叫んだ。ユニフォームを着た生徒に授業は行わない、そこまでひどい状況にはまだなっていないし、今後もなることはない、家に帰って着替えて来い、と。ファーケはなにも言わず、教師の方を振り向くこともなく、身動きせずに座っていた。しばらくすると校長が生徒の群れに割って入り、興奮した声で教師にささやきはじめたが、教師も譲らなかった。アントンは集団のいちばん前に立ち、教師の腕の下からがらんとした教室にいるファーケの背中を見た。突然、ファーケがゆっくりと振り向き、まっすぐに彼のことを見た。その瞬間、アントンは未だかつて誰にも感じたことのないような同情を感じた。父親がああでは、ファーケには家に着替えに戻ることなどできるはずもないのだ！　自分がしていることを理解する間もなく、アントンはボス先生の腕の下をくぐって自分の席についた。それによって抵抗は終わった。下校時に校長が校舎の入り口でアントンの腕を取り、ささやいた。君がボス先生の命を救ったかもしれない、と。この褒め言葉にどう反応すればいいのか、アントンにはわからなかった。以後、この話がされることはなかったし、家でもなにも言わなかった。

　溝の中の死体。車輪は止まった。そのはるか上には満天の星が広がっていた。彼の目は暗闇に慣れ、さっきまでの十倍よく見えた。こん棒を振りかざすオリオン、天の川、強い光を放つ星は木星だろう。何世紀もの間、オランダ上空がこれほど澄んでいたことはなかった。地平線にはゆっくりと動き、交わっては互いから離れる二本のサーチライトが見えたが、飛行機の音はしない。アントンはまだサイコロを握っていることに気づいて、ポケットに仕舞った。

　窓から離れようとした時、突然、コルテウェフ氏が出てくるのが見えた。カーリンが後につづく。コルテウェフはプルーフの肩を、カーリンはブーツを摑み、カーリンが後ずさりして、二人で死体を動かしはじめた。

「見て！」アントンは言った。

　母親とペーターも死体が自分たちの家の前に置かれるのを見た。走って戻りながら、カーリンは落ちていた帽子を、コルテウェフは自転車を死体の方に投げた。しばらくすると彼らは〈ノーイトヘダフト〉の中に消え去った。

ステーンワイク家の出窓ではまだ誰も言葉を発することができずにいた。道は再び無人となり、すべてが元どおりになったと同時に、もはやなにも元どおりではなくなった。死人は今、両腕を頭の下に、長いコートを腰までまくられて、まるで高いところから下に落ちるような恰好で横たわっている。右手にピストルを握りしめて。アントンには大きな顔がプルーフのものだとはっきりわかった。後ろに梳かしてはりついた髪はほとんど乱れていない。

「くそっ！」突然、ペーターが裏返った声で叫んだ。

「おいおい」裏庭側の部屋の暗闇からステーンワイクの声がした。まだテーブルの前から立ち上がっていない。

「あいつら、俺たちの家の前に死体を置いたんだ。あの卑怯者めが！」ペーターが叫んだ。「くそったれ！　すぐに動かさなきゃ。ドイツ野郎が来る前に！」

「よけいなことしないの」ステーンワイク夫人が言った。「わたしたちには関係のないことなんだから」

「うちの玄関の前で死んでるっていうこと以外はね！　なんであいつらがこうしたと思う？　もちろん、ドイツ野郎が報復するからだ。ライツェファールト（NSB党員のオランダ人警官の殺害があったハールレムの通り）の時もそうだった」

「わたしたちはなにも悪いことしてないじゃない、ペーター」

「あいつらがそれで納得するみたいじゃないか！　相手はドイツ野郎なんだぞ！」ペーターは部屋を出て、言った。「おい、アントン、急げ、俺たちでやるんだ」

「あなたたち、気でも触れたの⁉」ステーンワイク夫人が叫んだ。彼女はむせ、咳ばらいをし、クローブを吐き出した。「どうするつもり⁉」

「元の場所に戻すんだ。あるいはベウマーさんのところに」

「ベウマーさんのところ⁉　なんてことを！」

「なんでベウマーさんのところじゃなくて、俺たちのところなんだ⁉　ベウマーさんだってなんの関係もないじゃないか！　スパールネ川も凍ってるし……どうするかは後で考える」

「そんなのぜったいだめよ！」

ステーンワイク夫人も部屋から出てきた。玄関ホールの上窓から弱々しく射す光の下、ドアの前に立った母親をペーターが押しのけようとするのをアントンは見た。母親が鍵をかける音と叫ぶ声が聞こえた。

「ウィレム、あなたもなにか言ってよ！」

「はい、はい……」アントンはまだ裏庭側の部屋にいる父親の声を聞いた。「わたしは……」

遠くで再び銃声がした。

「何秒か後に撃たれてたら、ベウマーさんのところに転がってたはずだ！」ペーターが叫んだ。

「ああ……」ステーンワイク氏が静かに言った。その声は奇妙にかすれていた。「だが、そうはならなかった」

「そうはならなかっただと！　うちの前にも転がってなかったんだよ！　それなのに今はそうなってる！　俺が戻してくるから。もういい、一人でやるよ」突然、彼はそう言った。

ペーターは台所に走っていこうとしたが、母親が空き地でなぎ倒した、最後に残った木々の丸太と枝の山に躓（つまず）いて、痛みから叫び声を上げた。

「ペーター、お願い！」ステーンワイク夫人が叫んだ。「命を危険にさらすような真似はしないで！」

「そうしてるのはあんたたちの方なんだよ！　くそったれ！」

ペーターが立ち上がるより早く、アントンは台所のドアに鍵をかけ、廊下に鍵を放り投げた。鍵はけたたましい音を立てて見えなくなった。それから彼は玄関に駆けていき、玄関の鍵でも同じことをした。

「くそっ！」半泣きになってペーターが叫んだ。「おまえたちは馬鹿だ！　みんなどうかしてる！」

裏庭側の部屋に行ってカーテンをさっと開けると、腫れ物のない方の足を庭に通じるドアに当てた。透き間風避けの細長い新聞紙を落としつつ、ドアが軋（きし）んで開いた。アントンは突然、まだテーブルに向かって座っている父の姿が、雪の上に幻影のように映るのを見た。

ペーターが庭から消えると、アントンはまた走って出窓に向かった。足を引きずり表に回ったペーターが見えた。垣根を越えて、プルーフのブーツを摑む。その瞬間、ペーターはためらっているようだった。突然、血まみれなのを目の当たりにしたせいかもしれないし、どちら側に動かすか、決めあぐねていたからかもしれない。だが彼がなにかするよりも早く、道のはずれから叫び声が聞こえた。

「止まれ（ハルト）！　動くな！　両手を挙げろ！」

全速力で自転車を漕いで駆けつけた三人の男が、自転車を道に投げ捨てて走ってきた。ペーターはプルーフの脚を離し、手からピストルをもぎ取って、足を引きずることなくコルテウェフ家の垣根に走っていき、彼らの家の裏手に消えた。男たちは互いに叫び合っていた。そのうちの一人、冬のコートを着て帽子を被った男が威嚇射撃し、ペーターの後を追った。

アントンは隣りに立った母親のぬくもりを感じた。

「どうなったの？　ペーターを撃ったの？　ペーターはどこ？」

「裏の方」

アントンは目を見開いて起こるすべてを見ていた。二番目の男、軍服姿の憲兵は駆け戻り、自転車に飛び乗って走り去った。三番目の男も私服で、路傍の反対側に滑り込み、曳舟道にしゃがんで両手でピストルを構えた。

アントンは窓台の下にしゃがんで振り返った。母親がいなくなっていた。テーブルには父親の影が見えた。まるで祈っているかのように、先刻より前屈みになっていた。母親は裏庭のテラスに立ち、夜に向かってペーターの名をささやいていた。家の中に流れ込む寒気を母親の背中が発しているようだった。物音はしなかった。アントンはすべてを見て、すべてを聞いていたが、なんらかの方法でもはや完全にはその場にいなくなっていた。彼の一部はすでにどこかよそに行ってしまったか、どこにもいなくなってしまった。彼は栄養失調と寒さで体がこわばっていたが、単にそれだけではなかった。この瞬間の様子――父親は雪から切り取られて黒い姿でテーブルに向かい、母親は外のテラスで星々の光の下に立っている――は永遠のものとなった。それは、それ以前とその後のすべてから自らを切り離して独立し、彼のこれからの人生の旅をすでに始めていた。人生の終わりに、しゃぼん玉のようにはじけ散り、その後はかつてそんなことは起こらなかったかの如くなるように。

母親が中に入ってきた。

「見えない」

「トニー、どこにいるの？　ペーターが見える？」

「どうしたらいいのかしら？　どこかに隠れてるのかもしれないわ」落ち着きなく、再び外に出て、またすぐに戻ってきた。突然、彼女は夫のところに行き、肩を摑んだ。

「いい加減、目を覚まして！　ペーターに向かって撃ってるのよ！　もう撃たれたのかもしれない！」

ステーンワイクはゆっくりと立ち上がり、背が高く痩せ細った体で無言で部屋を出た。しばらくすると山高帽を被り、マフラーを巻いて戻ってきた。テラスから庭に出ようとして、彼はひるんだ。ペーターの名を大声で叫びたかったが、しゃがれた声しか出ないのをアントンは耳にした。打ちひしがれて振り向くと、彼は家の中に戻り、ストーブの横の椅子に震えながら座った。

「すまない、テア……許してくれ……」

ステーンワイク夫人の両手は統一の取れない動きをしていた。

「これまでずっとうまくいってたのに、ここにきて最後に……アントン、コートを着なさい。ああ、あの子はいったいどこにいるの？」

「コルテウェフさんの家の中かもしれないよ」アントンは言った。「ペーターはプルーフのピストルを取ったんだ」

その言葉によって静寂が訪れ、アントンはそれがなにか怖ろしいことであるのを理解した。

「ほんとうに見たの？」

「さっき、男の人たちが来た時に。こうやって……逃げながら……」

部屋の中の柔らかな粉をかけたような光に照らされて、彼は短くダッシュして、屈んでピストルを手から取るさまを演じてみせた。

「まさかペーターは……」ステーンワイク夫人は言葉に詰まった。「今すぐコルテウェフさんのところに行ってくるわ」

彼女は庭に出ようとしたが、アントンが追いかけて叫んだ。

「気をつけて！　あっちの方にも男が潜んでるんだ！」

今しがたの夫と同様、彼女も氷のように冷たい静寂にひるんだ。なにも動かない。庭も、その後ろの雪の積もった空き地も。アントンももはや動かなかった。すべてが静止していたが、それでも時間は流れていた。まるですべてが――川底の玉石のように――時間の流れによってきらめいているようだった。消えたペーター、玄関先の死体、家の周りに潜む武装した男たち――アントンは一瞬でそのすべてをなかったことにできるような気がしていた。さっきまでテーブルを囲んでルドゲームをしていた状態に戻れるように。まちがいなく、自分にできる行いによって。ただそれが今、うまく思い出せないのだ。ずっと知っていた名前を忘れた時に似ている。今にも思い出しそうなのに、もう少しというところで逃げつづける。突然、自分が途切れなく呼吸していることに気づいた時にも似ている。息を吸い、吐いている。だから、ずっとほんとうにそうしつづけているか、注意していなければならない。そうでなければ窒息(ちっそく)してしまうから——そう思った瞬間に、窒息しかけていた……。

遠くからオートバイの音が近づいてきていた。車の音もする。

「中に入って、ママ」アントンは言った。

「ええ……ドアを閉めるわ」

母親は感情を抑えていたが、アントンはその声から聴きとった。母親もまたなにかの瀬戸際に立っていて、自分ではどうすることもできないのだ、と。理性を失っていないのは自分だけのように、アントンには思えた。飛行士になりたければ当然、必要なことだ。飛行中にも困難な状況に陥ることはあるのだから。たとえば、台風の目の中が無風で太陽が輝いていても、そこから抜け出して周りに渦巻く悪天候に飛び込まなければならない時。さもなければ燃料がなくなり、取り返しのつかないことになってしまうから……。

複数のオートバイと一台の車の音が表側の道から聞こえてくる。遠くからもっと多くの、大きな車が近づいてきているようだ。ここまでは依然として秩序は保たれている。ペーターがいなくなったこと以外、なにが変わっただろう? 実際になにかが変わるものだろうか?

その時、始まった。軋むブレーキ、ドイツ語の叫び、道に跳ねるブーツの鉄の音。時折、眩(まばゆ)い光がカーテンの透き間から射し込んだ。アントンは忍び足で出窓に向かった。外はライフル銃やサブマシンガンをもつ兵士だらけで、オートバイが往来し、さらに多くの兵士を乗せたトラックが何台も来た。軍用救急車から担架が出された。突然、アントンは一気にカーテンを閉め、振り返った。

「あいつらが来たよ」暗闇に向かって彼は言い放った。

すぐに玄関のドアが叩かれた。あまりにも情け容赦なく強く、銃の台じりで叩くので、なにか怖ろしいことが起ころうとしているのが明らかだった。

「開けろ！　早くしろ！」

アントンは無意識に裏庭側の部屋に逃げた。母親は廊下に行って、震える声で叫んだ。鍵がなくなって開けられない、と。だがドアはすでに踏み開けられ、ホールの壁に叩きつけられた。アントンは鏡が粉々に砕け落ちる音を聴いた。猫脚の小テーブルの上に掛けられていた、木彫の小さなゾウが二頭付いた鏡だ。突然、廊下と部屋に武装し、ヘルメットを被った兵士たちが冷気に包まれて立っていた。皆、この家には大きすぎた。家はもはや家族のものではなくなっていた。懐中電灯に目が眩み、アントンは片腕で目を覆った。その下から、野戦憲兵の胸にきらめく三日月章（ゴルゲット）、革紐（かわひも）に付いた防毒マスク用の長い円筒、雪まみれのブーツが見えた。階段と天井からもブーツで歩き回る音が聞こえた。私服の男が部屋に入ってきた。くるぶしまで届く黒い革のコートを着て、縁を折り返した帽子を被っている。

「書類を見せろ！」男がドイツ語で叫んだ。「早くしろ！　全部出せ！」

立ち上がって食器棚の引き出しを開ける夫の横で、ステーンワイク夫人がドイツ語で言った。

「わたしたちはなんの関わりもありません」

「黙りなさい」男が命じた。彼はテーブルの脇に立ち、人差し指の爪でさっきまでステーンワイクが読んでいた本を閉じた。「『エチカ』……」男は表題を読んだ。「『幾何学的秩序に従って論証された』、ベネディクトゥス・デ・スピノザ。なるほど！」彼は顔を上げた。「こんなものを読んでるんだな。ユダヤ人の本じゃないか！」そしてステーンワイク夫人にこう言った。「ちょっと行ったり来たり、歩いてみろ」

ステーンワイク夫人はオランダ語で言った。「なにをしろとおっしゃるんです？」

「行ったり来たり歩けと言ってるんだ！　耳に糞（くそ）でも詰まってるのか！」

アントンは母親が全身を震わせ、困った子どものような表情を浮かべて行ったり来たり歩く様子を見た。男は横に立つ兵士が持つ懐中電灯を母親の脚に向けた。

「もういい」しばらくすると男が言った。アントンはずっと後で大学時代に偶然、この時、男が母親の歩き方でユダヤ人かどうか判断できると思っていたことを知る。

ステーンワイクは書類を手に立っていた。

「わたしは……」ステーンワイクがドイツ語で言いはじめた。

「話があるなら帽子を取れ！」

ステーンワイクは帽子を取ってつづけた。

「わたしは……」

「黙れ、ユダヤかぶれのクズめが」

男は身分証明書と配給カードをチェックし、部屋の中を見渡した。

「四人目はどこだ？」

ステーンワイク夫人がなにか言おうとしたが、夫の方が先だった。

「長男は……」声を震わせて彼は言った。「怖ろしい出来事に動揺して、なにも言わずに家を出て行ってしまいました。あちらに向かって走って」彼は帽子でベウマー家の〈ウェルヘレイヘン〉の方を指し示した。

男は書類をポケットに仕舞いながら言った。「走っていったんだな？」

「そのとおりです」

男は頭で指し示して言った。

「連れて行け」

その瞬間からすべてはますます速く進んだ。なにも——コートさえも——持っていくことが許されず、彼らは家の外に押し出された。道いっぱいにオートバイ、灰色の乗用車、軍用トラックが入り交じって停まり、軍服と叫び声、懐中電灯の光の舞に溢れていた。繋いだ犬を連れている兵士も何人かいた。救急車はいなくなり、プルーフの自転車だけがまだ横たわっていた。雪に大きな赤いしみがついている。どこかからまた鈍い銃声がするのをアントンは耳にした。母親の手が自分の手を探るのを感じた。見上げた母親の顔は彫像のそれに変わっていた。恐怖に前を見つめる表情。再び帽子を被った父親は、いつも歩く時にしているように地面を見つめていた。だがアントン自身はむしろ、事の一部始終によって曖昧な愉しさに満たされていた。この数ヵ月間の陰鬱な静寂の後、これほどいろんな動きがあるのだ。何度も繰り返し顔に向けられる激しい光によって、軽い催眠状態に陥っているのかもしれないが、とにかく、ようやくなにかが起こっているのだ！

　夢のような中、彼は母親の手の握り方が突然、強くなるのを感じた。その手はすぐに離された。

「トニー！」

　母親の姿はすでに見えなかった。どこか、トラックの後ろに消え去った。父親もそうだった。彼は兵士に上腕を摑まれ、道の向こう側に半分路傍に乗り上げて停めてあったＤＫＷ（デーカーヴェー）まで連れて行かれた。兵士はアントンを乗せ、ドアを閉めた。

　彼は生まれてはじめて車に乗っていた。ぼんやりとハンドルとメーターが見えた。飛行機にはもっと多くのメーターがある。たとえば、ロッキード・エレクトラにはメーターが十五、ハンドルは二つあった。彼は外を見た。両親の姿はもはやどこにも見えなかった。ペーターはいったいどこにいるのだろう？　コルテウェフ家にも懐中電灯をもった兵士たちが出入りしているが、彼に見える範囲ではペーターは連れられていなかった。きっと空き地を越えて逃げることができたのだろう。プルーフが最初はコルテウェフ家の前に横たわっていたことを、ドイツ人たちは知っているのだろうか？　ベウマー家の庭には誰もいなかった。窓ガラスが曇（くも）り、道は次第によく見えなくなってきた。息を吹きかけて手が濡れるまで拭っても、すべては形が歪んで曖昧だった。突然、両親の寝室でバルコニーのドアが開けられた。しばらくすると、階下の居間のカーテンが開けられ、中からすべての窓が銃の台じりで叩き割られた。アントンは体をこわばらせ、降り落ちるガラスのかけらを見ていた。なんて悪い奴らなんだ！　新しい窓ガラスを両親はどこで調達するというのだ！　もうどこでも手に入らないというのに。幸い、彼らはもう十分破壊したようだ。兵士たちは一人ずつ外に出てきた。玄関は開けっ放しにされていた。

もはやなにも起こらなかったが、彼らは立ち去らなかった。幾人かはタバコに火をつけ、両手をポケットに入れ、寒さに足踏みしながら話をしていた。懐中電灯で家を照らしている者もいた。自分たちが壊したものを今一度、満足げに見るかのように。アントンは両親を見つけようとしたが、暗闇には誰の姿も見分けられなかった。行ったり来たりする光の中に影が見えるだけだ。犬たちが吠えていた。彼はさっき部屋の中で、帽子を被った男が父親に怒鳴りちらした様子を思い出していた。その記憶は突然、堪えがたいものとなった。それが起きた瞬間よりもずっと堪えがたかった。帽子を脱がねばならなかった父……彼はその記憶を押しやり、もう二度と思い出さずに済むことを願った。起きてはならないことだった。今後の人生でけっして山高帽は被るまい。戦争が終わったら、誰も帽子を被ってはならない！

彼は驚いて外を見ていた。辺りの静けさが増していた。皆が家から離れたところに立ち、もはや動く者はいなかった。命令の声が聞こえ、それを受けて一人の兵士がアントンの家まで歩いていった。彼はなにかを出窓から中に投げ入れ、身を屈めて走って戻った。爆発音とともに、一瞬、目を眩ますような炎のブーケが居間に生じた。アントンは身を伏せた。再びそちらを見た瞬間、二番目の手榴弾が――今度は二階の寝室で――爆発した。その直後に、消火ホースのようなものを両手で持ち、背中に円筒を担いだ兵士が現れた。彼は前進し、轟音とともに長い火の束を窓の中に噴射した。アントンには信じられなかった。あそこで起こっていること、こんなことがほんとうにありうるだろうか？　彼は必死に目を凝らして父と母を見つけようとしたが、先ほどの閃光で向こうがまったく見えなくなっていた。次々と、煙ののぼる火の束が家の中に噴射された。居間に、玄関ホールに、寝室に、最後には茅葺き屋根にまで。奴らはほんとうにあんなことをしているのだ。もはやどうすることもできない！　家は内からも外からも燃えていた。彼のすべての所持品、本、カール・マイの小説、『屋外における光と色の特質』（ベルギー人の天文学者マルセル・ミナールトの著書）、飛行機の写真の収集、父親の図書室――棚に緑色のラシャが帯状に敷かれていた――、母親の服、毛糸玉、テーブルと椅子、すべてが燃えてしまった。兵士は火炎放射器を締めて闇に消え去った。カービン銃を背中に斜めにかけた〈緑色の警察〉（ナチ体制下のドイツの警察）の警官が数人、前に出て、手袋をベルトに差し、パチパチと音を立てる火に両手を伸ばした。まるで火を止めようとするかのように。彼らは笑いながら話をしていた。

　少し離れたところにまたトラックが停まった。開いた荷台にジャケットを着て寒さに凍える男たちの一団が立ち、サブマシンガンを構えた兵士たちが見張っていた。炎の光で黒のヘルメットが見え、SS（ナチス親衛隊）の隊員であるのがわかった。彼らの叫び声に命令され、手錠をかけられた囚人たちは二人ずつ道に飛び降り、暗闇に消えて行った。氷点下の寒さで乾燥していた家は、古新聞のように完璧に燃えていた。アントンも車の中で熱さを感じはじめた。

　左側の増築した屋根窓から尖(とが)った炎が立ち昇った。彼の部屋が今、燃えていたが、そのせいで少なくとも彼は多少、暖を取れた。突然、炎は屋根を突き抜け、まるで舞台照明のように道を明るく照らした。少し離れたところに停められた数台の車の間に一瞬、髪のほつれた母親の姿が見えた気がした。そして誰かがそこに駆け寄ったように。なにかがそこで起こっていたが、彼にはもうほぼ理解が及ばなくなっていた。灯火管制はどうなるのか、とも考えた。すぐにイギリス軍が見つけてやって来るだろう。来てくれればいいのに……。出窓の上の支柱に付けられた、のこぎりで斜めに切った板に、焦げてはいるがまだ〈バウテンルスト〉と読むことができた。長い間、あれほど寒かった部屋はいま灼熱（しゃくねつ）地獄と化している。黒い燃えかすが辺り一帯の雪の上に降り落ちた。

数分後には混沌の中、家が軋みはじめ、塔のようにそびえる炎の奥で崩れ落ちた。犬たちが吠え、暖を取っていた兵士たちは後ろに飛びのいた。そのうちの一人がプルーフの自転車に躓いて地面に突っ伏した。他の兵士たちが腹を抱えて笑う中、道のはずれから機関銃の音が鳴り響いた。アントンは横向きに寝て丸まり、両手首を顎（あご）の下で組んだ。

長いコートを着たドイツ人がドアを開け、横たわるアントンを見、一瞬動きを止めた。どうやら彼のことを忘れていたようだ。

「しまった」彼は言った。

アントンは座席の後ろの狭い空間に寝かされ、ほぼなにも見えなくなった。ドイツ人自身は軍の運転手の横に座り、タバコに火を点けた。エンジンがかかり、運転手がフロントガラスの曇りを袖で拭い、こうしてアントンははじめて車で走ることとなった。どの家も真っ暗で、道にはまだ誰の姿もなかった。時折、ドイツ兵の一団がいるだけだった。二人の男が話をすることはなかった。車はヘームステーデに向かい、数分後には二人の警官が見張りをする警察署の前に停まった。

待合室は男たちでいっぱいだった。ほとんどがドイツかオランダの制服姿だった。焼いた卵の匂いがして、アントンの口はたちまち唾液でいっぱいになったが、食べている人は見当たらなかった。電灯が点いていて、皆まだタバコを吸っていた。縦長のストーブの横の椅子に座らされると、熱が彼を包んだ。ドイツ人はオランダ人の警部と話をし、時折、顎でアントンの方を指し示した。アントンははじめて彼をよく見ることができたが、一九四五年当時に彼が見たものは、今、彼が見たとしたら感じるであろうこととはちがっていた。四十前後、痩せて冷酷な顔つきで、左の頬骨の下に水平に傷跡がついていた。現在ではその滑稽なディテールは、お笑い映画かサディスティックなB級映画の監督しか使わないだろう。今日であれば、ヒムラー（内相を務めた後ヒトラーに失脚させられ自殺）のようなベビーフェイスでなければ、芸術的観点から許されないだろう。だが当時は芸術的ではなく、〈熱狂的なナチ〉として実際にこんな顔をした男がいたのだ。まだ〈滑稽〉ではなかった。しばらくすると彼はアントンを振り返ることなく去って行った。

　灰色の馬衣を腕にかけた巡査部長が彼のところに来て、ついて来るよう言った。廊下に出ると、鍵の束をもった警官が彼らに加わった。

「どういうことですか？」アントンを見て、警官は言った。「子どもまで閉じ込めるんですか？それともユダヤ人の子ですか？」

「そんなに質問するもんじゃない」巡査部長は言った。

　廊下の突き当たりで三人は順番に地下への階段を下りた。アントンは巡査部長の方を一瞬、振り向いて訊ねた。

「ぼくの父と母もここに来ますか？」

　巡査部長はアントンを見ずに言った。

「わからないな。我々は今夜の行動の担当ではないんだ」

地下の廊下は短く、寒さに包まれていた。あらゆる管の下の廊下の両側に、黄色に塗られた錆(さび)だらけの鉄のドアが数枚あった。天井には弱々しい光の裸電球が点いていた。

「どこがまだ空いてる？」巡査部長が訊いた。

「どこも空いてません。床に寝ることになります」

巡査部長はドアを順番に見た。ドアの向こうの様子がわかるようだった。

「あそこにしておけ」彼は左側のいちばん奥のドアを示した。

「ＳＤ（親衛隊保安情報部）の独房じゃないですか」

「言われたとおりにするんだ」

警官がドアの鍵を開け、巡査部長が壁際の板床の上に馬衣を放り投げた。

「今夜だけだから」彼はアントンに言った。「少しでも寝なさい」それからアントンには見えない隅に向かってこう言った。「おまえに仲間ができるが、この子のことは巻き込むなよ。おまえたちのせいで悲惨な目に遭(あ)ったんだ」

アントンは背中に当てられた手を感じながら、敷居を越えて真っ暗な牢獄に入った。後ろでドアが閉まると、もはやなにも見えなかった。

3

アントンは手探りで板床にたどり着いて座った。周りのあらゆる方向に、どこかにいるはずの男の存在を感じた。彼は両手を膝の上で丸め、廊下の声に耳を澄ました。しばらくしてブーツが階段を上がる音が聞こえ、それから静かになると、男の息づかいも聞こえてきた。

「なんでここに来たの？」

柔らかな女性の声だった。まるで突然、危険が回避されたかのようだった。彼はなにか見えないか、目を見開いたが、闇は暗黒の水のように深かった。他の牢獄からも抑えた声が聞こえてきた。

「ぼくたちの家が燃やされたんです」

そう言いながら、自分でも信じられなかった。いまや〈ウェルヘレイヘン〉と〈ノーイトヘダフト〉の間に燻る廃墟しか残っていないとは。女性が返事をするまでにしばらく時間がかかった。

「なんでそうなったの？　今しがた？」

「はい、そうです」

「なんで？」

「復讐されたんです。撃ち殺された人がいて、ぼくたちは全く関係ないのに。なにも家から持って来れなかった」

「なんてこと……」彼女は言った。また沈黙がつづいた後、彼女が訊いた。「そうか……君一人で家にいたの？」

「いいえ、父と母と兄といました」彼は目が自然と閉じるのを感じて見開いたが、暗闇であることに変わりはなかった。

「みんなは今どこにいるの？」

「わかりません」

「ドイツ人が連れて行ったの？」

「はい、父と母は連れて行かれました」

「お兄さんは？」

「兄は逃げました。兄は……」アントンははじめて少し泣き出した。「どうすればいいんだ……」

彼は自分を恥じたが、どうすることもできなかった。

「隣りにいらっしゃい」

彼は立ち上がり、一歩ずつ彼女の方に歩いて行った。

「こっちよ。手を伸ばしてみて」

彼女の指に触れた。彼女は彼の手を摑み、自分の方に引き寄せた。板床の上で片腕を彼に回し、もう片方の腕で彼の頭を自分の胸に押し当てた。彼女の汗の匂いとともになにか別の、甘いような香りもした。香水かもしれない。闇の中に二つ目の闇があって、その中で彼は彼女の心臓がドキドキ音を立てるのを聞いた。誰かを慰めているだけの人にしては速すぎる鼓動かもしれない。落ち着いてくると、ドア下の透き間から弱々しい光が射し込んでいるのが見えはじめた。彼はそこを見つめつづけた。入ってきた時、彼女は一瞬、彼を見たにちがいない。彼女は自分の毛布で二人を包み、彼を強く抱きしめた。さっきのストーブよりも温かくはなかったが、同時にこちらの方がずっと温かかった。再び目に涙が溢れてきたが、さっきとはちがう涙だ。なぜ牢獄に入れられているのか、彼女に訊いてみたかったが、勇気がなかった。闇取引きが見つかったからかもしれない。彼女が唾を呑む音が聞こえた。

「君の名前は知らない」彼女がささやいた。「知りたいとも思わない。君もわたしの名前を知ってはならない。でも一つだけ、一生忘れずにいてくれる？」

「なにをですか？」

「君は何歳？」

「もうすぐ十三歳です、おばさん」

「おばさんって言わないで。聞いて。きっとこれからいろんな人がいろんなことを君に信じ込ませようとするだろうけど、君の家に火を点けたのがドイツ野郎だったことだけはけっして忘れないで。やった人がやったんであって、他の誰でもないってことを」

「わかってます」アントンは少し憤慨して言った。「この目で見たんだから」

「そうだけど、奴らが火を点けたのはあのクズがあそこで殺されたから。きっと奴らは言うはずよ。抵抗運動のせいでそうせざるを得なかったって。活動家はそれを知っていたのだから、彼らのせいだって」

「そうか」背筋を正して考えを整理しながら、アントンは言った。「でもそうだとしたら……いつでも誰も悪くないっていうことになる。誰がなにをしてもいいことになってしまう」

彼は彼女の指が自分の髪を撫(な)でるのを感じた。

「ところで……」彼女がためらいがちに訊いた。「殺された奴の名前、知ってる？」

「プルーフです」そう言った瞬間、彼女が彼の口を塞(ふさ)ぐのを感じた。

「小声で話して」

「ファーケ・プルーフです」彼はささやいた。「警察に勤めていた……汚いＮＳＢ党員」

「君は見たの？」彼女も消え入りそうな声で訊ねた。「ほんとうに死んでた？」

アントンは頷(うなず)いた。彼女には見えず、せいぜい感じることしかできないと気づいて、声に出して言った。

「完全に」雪の上の血痕がまた蘇ってきた。「ぼくのクラスに息子がいるんです。息子もファーケっていう名前です」

彼女が一瞬、深く息を吸うのが聞こえた。

「もし……」しばらくして彼女は言った。「抵抗運動家たちがプルーフを殺さなかったら、あいつがもっと大勢の人を殺していたことになる。そうしたら……」

突然、彼女は腕を引っ込め、すすり泣きはじめた。アントンは驚き、慰めたいと思ったが、慰め方がわからなかった。彼は背筋を正して慎重に片手を伸ばした。手が彼女の豊かで乱れた髪に触れた。

「なんで泣いてるの？」

彼女はアントンの手を取り、自分の胸に押し当てた。

「あんまりなにもかもがひどいから」彼女が喉を詰まらせて言った。「世界は地獄、地獄なのよ。もうすぐ終わるのが嬉しい。わたしはもう限界……」

アントンは手のひらに彼女の柔らかな胸を感じた。これまで感じたことがないような、非現実的な柔らかさだったが、手を動かす勇気はなかった。

「なにがもうすぐ終わるの？」

彼女はアントンの手を両手で包んだ。彼女の声から、顔をこちらに向けているのがわかった。

「戦争よ。もちろん戦争が終わるのよ。あと数週間ですべては終わる。アメリカ軍はもうライン川まで来ているし、ソ連軍はオーデル川まで来てるわ」

「なんでそんなに詳しいの？」

彼女はきっぱりと話していた。家では、こうだろうと言われていたことがやはりちがっていた、といった曖昧な事柄しか話されなかった。彼女は返事をしなかった。ドアの下から射し込む光が如何に弱いものであっても、彼には今、彼女の頭と体の輪郭、少しボリュームのある髪、彼女のいる場所、自分に伸ばされる腕がうっすらと見えるようになっていた。

「ちょっと顔、触ってもいい？　君がどんな顔だかわかるように」

彼女の冷たい指先が彼の額、眉、頬、鼻、唇をそっと撫でた。彼は身動きせず、顔を少し上に向けて、されるがままになっていた。それがなにかとても厳粛なことのように感じていた。アフリカの通過儀礼のように。突然、彼女は手を引っ込めて呻いた。

「どうしたの？」彼は驚いて訊いた。

「なんでもない。大丈夫だから……」彼女は前屈みになった。

「痛いの？」

「なんでもないの。ほんとうよ」彼女は体を起こして座り、言った。「これよりもっと深い闇を体験したことがあるの。数週間前に」

「ヘームステーデに住んでるの？」

「それは訊かないで。わたしのこと、なにも知らない方が君のためだから。後になったらなぜだかわかるわ。いい？」

「うん」

「聞いて。今夜は月は出てないけど、それでもとても明るいでしょう。数週間前にも月が出てなくて、その上、曇ってて雪もまだ積もってなかった。わたしは近所の男友だちのところでおしゃべりしていて、真夜中に、外出禁止令が始まってだいぶ経ってから家に帰ったの。あんまり真っ暗で、誰かに見つかる心配もないくらい。その周辺は正確に知っていたから、手で壁や垣根を触りながら家に向かったの。なんにも見えなくて、目がなくても同じだったくらいよ。音を立てないように、靴は脱いだわ。ほんとうになにも見えなかったけど、ずっと自分がどこにいるかわかってた。少なくとも、自分ではそう思ってたの。頭の中の記憶が目の前に見えていた。その道は何百回、もしかしたら何千回も通ったことがあったから、どの道の角も、垣根も木も道の端っこも知っていた。それなのに突然、道がわからなくなったの。すべてが記憶とちがっていた。窓枠があるはずのところに灌木があって、ガレージの出口があるはずのところに街灯があった。まだ何歩か歩いてみたけど、そこから先はもうなにも手に触れなかった。まだレンガの道の上には立ってたんだけど、そばに運河があるのはわかってたから、一歩踏み出して落ちるのが怖かった。四つん這いでしばらく這い回ったけど、マッチも手動発電灯も持ってなくて、結局、明るくなるまでその場に座ってることにしたの。世界に自分しかいないような気分で。想像できる？」

「泣いた？」アントンは息もできずに訊いた。その時の闇の中にも見えなかったものが、この闇の中に見えるような気がした。

「泣きはしなかったけど」彼女は笑って言った。「でも怖かったわ。静けさの方が暗闇よりも怖かったかもしれない。近くに人がたくさんいるのはわかってるのに、なにもかもが消えてなくなっていた。世界はわたしの肌のところで途切れていた。もう、怖いことが戦争と関係なかった。とても寒くもあった」

「それでどうなったの？」

「なんとね、自分の家のそばの道に座ってたのよ。考えてみて。あと五歩で家の中に入れたなんて」

「ぼくにも同じようなことがあったよ」自分がどこにいるのか、なぜいるのか、まったく忘れてアントンは言った。「アムステルダムの伯父さんの家に泊まった時に」

「だいぶ前のことなんじゃない？」

「去年の夏、まだ電車が動いてる時に。たぶん怖い夢を見たんだと思う。目が覚めて、トイレに行こうとベッドから下りようとしたんだ。真っ暗闇だった。いつも家では左からベッドを下りるんだけど、突然、そこが壁になってた。右の、いつも壁のあるところに突然、壁がなくなっててビックリしたんだ。まるで、その壁はふつうの壁よりずっと硬くて分厚いみたいだった。そして壁がないところは……まるで谷みたいだった」

「で、君は泣いたの？」

「うん、あたりまえじゃないか」

「そこで伯父さんか伯母さんが電気を点けて、どこにいるかわかったってわけ」

「うん、伯父さんが点けてくれた。ぼくはベッドに立ち上がって……」

「シッ！」

階段を下りてくる足音がした。彼女は再び彼に腕を回し、身動きせずに耳をそばだてた。廊下で声がして、鍵束がガチャガチャと音を立てた。しばらくアントンにはなんの音だかわからない騒ぎがあり、それから突然、罵りと平手打ちの鈍い音がした。誰かが廊下を引きずられ、別の誰かが牢獄の中で罵りつづけていた。大きな鉄の音でドアが閉まった。廊下の男はまだ殴る蹴るの暴行を受け、叫び声を上げていた。階段をドスンドスンと下りてくるブーツの音が増え、叫び声も大きくなった。その後、男は階段を引きずられて上がったようだった。静かになり、誰かが笑った後はなにも聞こえなくなった。

アントンは震えていた。

「誰だったの?」彼は訊ねた。

「わからない。わたしもまだここに入れられたばかりなの。ゲスどもが……あいつらみんな絞首刑になるわ。あいつらが思ってるよりも早く。ソ連軍とアメリカ軍があのゲスどもをすぐに始末するって信じてて。なにかほかの話をしよう」彼女はアントンの方を向き、両手で彼の髪を撫でた。

「まだ話ができるうちに」

「どういうこと?」

「あいつらがわたしたちをここにいっしょに閉じ込めているうちに、ってことよ。君は明日には釈放されるから」

「あなたは?」

「わたしは釈放されないかも」まるで自分も明日、釈放される可能性がまだあるような調子で彼女は言った。「でもわたしも大丈夫よ。なんの話をしようか? それとも疲れてる? 眠りたい?」

「眠りたくない」

「よし。ずっと闇について話してたから、今度は光の話にする?」

「うん」

「思い浮かべてみて。たくさんの光。太陽。夏。ほかには？」

「海辺」

「そうね。まだ防空壕と鉄条網だらけでない時の。砂丘。砂丘のくぼ地に輝く太陽。目が眩むような強い光だったのを覚えてる？」

「覚えてる。そこに落ちてた木の枝はいつも陽の光ですっかり色が落ちていた」

突然、彼女はなんの脈絡もなく、まるでもう一人誰かいて、その人に話すかのように話しはじめた。

「光、そう、でも光は光であるだけではないのよ。つまりね……昔、詩を書こうとしたことがあったの。光を愛に喩えた詩――ちがう、愛を光に喩えた詩だった。そうだ、もちろんそれでもいいんだ。光を愛に喩えることもできる。その方がきれいかもしれないわね。光は愛よりも古いんだから。キリスト教徒はそうじゃないと言うけど、それはキリスト教徒の言うことだから。それとも君もキリスト教徒？」

「ちがうと思う」

「その詩の中で、愛を光に喩えたの。たまに日没のすぐ後に、木々の周りに見えるような、魔法のような光に。それは誰かのことを愛してる誰かの中に宿る光なの。憎しみは闇よ。それは良くない。でも我々はファシストを憎まなければならなくて、それは良いことよ。どうしてそうなのか？　それは我々がファシストのことを光の名の下に憎むから。奴らが闇の名の下にのみ憎むのに対して。我々は憎しみを憎んでいる。だから、我々の憎しみは奴らの憎しみよりも良いものなのよ。だからこそ、我々の方が奴らよりもむずかしくもあるんだけど。奴らにとって、すべてはとても単純で、我々にとっては複雑なの。我々が奴らと闘うためには、少し奴らのように変わる必要がある。少し自分らしくなくなる必要が。奴らにはそんな苦労はないのに。奴らはなんの問題もなく我々を破壊することができる。我々が奴らを破壊するには、まず自分たちを少し破壊しなければならない。奴らはそんなことはない。奴らはふつうに自分たちのままでいられる。だから奴らはあんなに強いのよ。でも奴らの中には光が宿ってないから、最終的に奴らは敗れる。肝に銘じなければならないのは、我々があまりに奴らのように変わりすぎないよう、注意が必要だ、ということ。我々が自分たち自身を破壊しすぎないように。でなければ、最終的に奴らが勝ってしまうかもしれないから……」

彼女は再びちょっと呻いたが、彼がなにか言うより早くまた話しはじめた。彼には一言もわからなかったが、彼女がまるで大人に話すように自分に話していることが誇らしかった。

「それから、そのような光にはこういうこともあるのよ。誰かを愛する人はいつも、その誰かがなんらかの方法で美しいから――内面的に、あるいは外見、あるいはその両方――だからだと言うけれど、他の人たちはその誰かが美しいとはまったく思っていないっていうことがよくある。たいていは実際、美しいわけではないの。でも、いつでも美しいのは、誰かを愛している人よ。なぜなら、彼は愛していて、それ故、光に照らされているから。わたしのことを愛している男の人がいて、彼はわたしをある種の方法でとても美しいと思っている。でもわたしはぜんぜん美しくはない。彼こそが美しいのよ。たとえ彼があらゆる面で非常に醜くても。そしてわたしも美しいの。ただ単に、わたしも彼のことを愛しているからなんだけど……彼がそのことを知らなくてもね。彼はそう思っていないけど、わたしは彼を愛しているの。君だけが今そのことを知ってるのよ。わたしが誰で、彼が誰かは知らなくてもね。彼には奥さんと二人の子どもがいるの。君と同じくらいの年で、彼のことを必要としている子たちが。君が君のお母さんとお父さんを必要としているように……」

突然、彼女は黙った。

「ぼくの父と母はどこにいるんだろう？」アントンがささやくように言った。

「二人も、きっとどこかに入れられてるんでしょう。明日には会えると思うわ」

「でも、なんでぼくとちがうところに入れられてるんだ⁉」

「そうね、なんでなのか？　奴らが卑劣だからよ。そして状況が大混乱してるから。奴らは適当にやってるだけ。奴らは今、お漏らしするくらい震えあがってるから。心配しないで大丈夫よ。わたしは君のお兄さんの方がずっと心配だわ」

「逃げる時にプルーフのピストルを取っていったんだ」アントンは彼女がたいしたことではないと思ってくれるよう願って言った。

数秒経ってから、彼女は言った。

「まさか、そんなことまで……」

彼女の声にも彼は再び、それがなにか致命的なことであるのを聴きとった。ペーターになにが起きたのか？　突然、彼はもはやなにも考えられなくなった。崩れ落ちるように彼女にもたれかかった瞬間、深い眠りに落ちた。

4

一時間か一時間半後、何年もヨーロッパ中に響き渡っていた、あの横暴なドイツ人の叫び声にアントンは叩き起こされた。すぐにまた懐中電灯に目を眩まされた。片腕を摑まれて板床から立ち上がらされ、廊下に引き出された。あっという間の出来事で、いっしょにいた女性の姿を見ることもできなかった。再び、いたるところにドイツ人と警官が溢れていた。トーテンコップ（髑髏）の付いた制帽、銀色の星とストライプの付いた襟（えり）のナチス親衛隊の高官が、牢獄のドアを叩きつけるように閉めた。三十五歳前後の高貴で端整な顔立ちをした、アントンが少年向けの本の挿絵でよく見るような男だった。

こんな少年を投獄するとは！　階段を上りながら彼は叫んだ。よりにもよってテロリストといっしょに！　全員、正気を失ったのか？　あの忌々（いまいま）しい共産主義の女もここに投獄されているべきではない。あいつは自分がアムステルダムに連れて行く。エウテルペ通りの保安情報部へ。彼女の仲間たちがまだ救出に来てなかったことを諸君は喜ぶべきだ。来ていたら暴力沙汰になって何人かの職員はもはや生きてはいないところだ！ ここはいったいどれほど愚劣な場所なのか？ 誰の命令で？ ＳＤの誰かか？ そうだろうよ！ ブルータス、お前もか！ 保安部はここ、ヘームステーデで証拠を隠滅しようとしたんだろう。戦後、サンタクロースのふりをするために。抵抗運動の味方だったかのように。ゲシュタポ（秘密国家警察）が興味を示すだろうよ。この少年はまだ生きててよかったよ。なぜ顔に血がついてるんだ？

待合室に戻ったアントンは、手袋をはめた人差し指が自分に向けられるのを見た。血？ 彼は頬に触れた。警官が、鋼鉄の曲がった棒で壁にかけられた丸い髭剃り用の鏡を指し示した。アントンはつま先立ちをして、拡大鏡で青白い顔と髪に彼女の指の血痕が乾いて固まっているのを見た。

「ぼくの血じゃありません」

だったらあの女のだろう、と将校が叫んだ。そこまでひどいとは！ 彼女は負傷してるんだ。すぐに医者を呼べ。あの女はまだ必要なんだ。この少年に関しては、今夜のうちに軍政司令部に連れて行って、明日、家族に届けろ。ちょっとは急げ、まぬけなオランダ人めが。しょっちゅう撃ち殺されてるのも当然だ。あのプルーフ警視ときたら！ 暗闇で自転車に乗るような馬鹿がいるか！

馬衣に包まれて、アントンはヘルメットを被ったドイツ人に、まだ水晶のように澄んだ夜の広がる外に連れ出された。玄関前にはベンツが停めてあった。勿論、将校のものだ。リンネルのルーフで、ボンネットの横に大きなコンプレッサーが付いていた。ドイツ人は背中にカービン銃を背負っていた。長い濃緑色のコートの裾が両脚に結わえられていて、ぎこちなくクマのように脚を広げて歩いた。アントンはオートバイの後ろに乗り、しっかり掴まっているよう言われた。馬衣をうまく巻き、巨大な肩を掴み、カービン銃のある背中に上半身を押しつけた。

オートバイはスリップし、揺れながら、星空の下、人気のない道をハールレムに向かった。十分もかからない行程だった。雪がタイヤの下でザクザクと音を立てた。エンジンの音まで呑み込まれるほど、静けさが際立っていた。アントンは人生ではじめてオートバイに乗っていた。寒さにもかかわらず、眠りに落ちないよう、気をつけていなければならなかった。外は暗いと同時に明るかった。目の前にドイツ人の首が見えた。コートのゴムとヘルメットの鋼鉄の間にある、短く濃い毛に覆われた一筋の皮。彼は一年前のプールでの出来事を思い出していた。一定の時間帯はプールをドイツ国防軍に明け渡さなければならなかったのだが、彼は更衣室の個室でグズグズしていて出そびれてしまった。外からすでに車が縦列をなして乗りつけるのが聞こえていた。兵士たちはブーツを踏みならし、行進曲を歌っていた。「ハイリー、ハイロー、ハイラ!」しばらくすると、騒音とともに静かな空間に押し入ってきた。ドスンドスンと音を立て、笑い、怒鳴りながら。個室のドアを開ける音は聞こえなかった。全員、共有の脱衣所で服を脱いでいるのだ。一分後には裸足でプールに向かうピシャピシャという音が聞こえてきた。静かになると、彼は勇気を出して出ていった。個室の間の通路の行き止まり、ガラスのドアの向こうに彼らの姿が見えた。突然、彼らは理解のできない方法で人間に変わっていた。ふつうの男たち、全員裸で、白い胴体に褐色の顔と首、前腕。彼はその場を立ち去った。ふだんは貧しい人のみが使用する共有の脱衣所に、脱いだ軍服が掛かっているのが見えた。目出し帽、剣帯、ブーツ。そこにある脅威、暴力的な静寂……夢遊病の人が立ち上がる無重力の動きで、軍服はその場を離れ、燃え盛る薪束、高い炎に漂っていく。白い邸宅の木の日よけのすぐ下まで——だが幸いすべては水中にある。運河あるいはプールの。炎はジュッと音を立てて消える……。

彼は驚いて目を覚ました。オートバイはデ・ハウト森林公園の、軍政司令部の周りに掘られた対戦車壕の通路前に停まっていた。あちこちに鉄条網が張り巡らされている。歩哨が彼らを通した。暗い陣地内はまだトラックとその他の車で喧騒に包まれていた。ガラスを覆い、上に小さな屋根を付けたヘッドライトから、細い水平の光の筋が見えた。エンジンとクラクションの騒音と叫び声は、光に対する慎重さと秘密めいた対比をなしていた。

ドイツ兵はオートバイをスタンドに立て、アントンを建物内に連れて入った。そこもまだ歩き回る兵士たち、電話やタイプライターの音で騒々しかった。小さな暖かい控えの間で、彼は木製のベンチに座って待たされた。開け放ったドアから廊下の向こうが見え、突然、コルテウェフ氏の姿が見えた。兵帽を被らずに書類を脇にはさんだ兵士と共にあるドアから出てきて、廊下をはさんで反対側のドアの奥に消えた。彼がなにをしたのかは、すでに明らかになっているにちがいない。自分の両親もここにいるのだろう、と考えたアントンはあくびをし、横にもたれて眠りに落ちた。

目が覚めると、だぶだぶの軍服と幅の広すぎる七分丈のブーツ姿の年配の軍曹が彼の顔を覗きこみ、やさし気に頷いた。さっきとはちがう部屋で毛布を被せられ、赤いソファに寝かされていた。外は明るかった。アントンは軍曹のほほ笑みに応えた。一瞬、自分の家がもはや存在しないことが頭をよぎったが、次の瞬間には忘れていた。軍曹は近くにある椅子を引き寄せて、その上に温かい牛乳の入った琺瑯(ほうろう)のカップと、磨りガラスのような色のものを塗った大きな楕円形(だえんけい)のこげ茶色のパンが三枚載った皿を置いた。何年も後に彼は、トスカーナの別荘に向かう途中に通ったドイツで、それがシュマルツと呼ばれる食用油脂であったのを知ることになる。この時ほどなにかをおいしく感じることは今後二度とないだろう。たとえ世界最高のレストラン――リヨンのポール・ボキューズや、（トスカーナからの帰りに寄った）パリのラセールのいちばん高いメニューであっても。そして、シャトー・ラフィット＝ロートシルトやシャンベルタンのような最高級ワインも、この時の温かな牛乳には及ばない。一度も空腹を味わったことのない人の方が楽しんで食事をするだろう。だが、そんな人には真の食事の意味はわかるまい。

「うまいか？」軍曹が言った。

もう一杯、牛乳を持ってきて、また勢いよく飲むさまを楽し気に見た後、彼はアントンにトイレの洗面台で顔を洗うよう、促した。顔の血痕が錆茶色に変わっているのが鏡の中に見えた。ためらいがちに少しずつ、アントンは彼女のもので唯一、自分に残されていたものを洗い落とした。それから肩を抱かれて、軍政司令官の部屋に連れて行かれた。敷居のところで彼は躊躇(ちゅうちょ)したが、軍曹は机の前のひじ掛け椅子に座るよう、指し示した。

軍政司令官は電話中で、彼の方を見るとはなしに見たが、安心させるように父親的に頷いてみせた。小柄の太った男で、白髪を短く切り、ドイツ国防軍の灰色の軍服を着ていた。剣帯とピストルはライティングデスクの上の兵帽の隣りに置かれていた。額入りの写真も四枚、三角形のスタンドに立ててあったが、アントンからは裏側しか見えなかった。向かいの壁にはヒトラーの肖像写真が掛けられていた。彼は窓の外の木々を見た。葉が落ち、氷で覆われた寒々しい木々には、戦争中かどうかは関係がない。司令官は受話器を置いてメモを取り、書類をちょっと見て、それから両手を重ねて吸い取り紙の上に置いて、アントンによく眠れたか、訊ねた。彼はオランダ語を話した。訛(なま)りがひどかったが、十分、理解できた。

「はい、眠れました」アントンは言った。

「昨日起こったことはすべてひどいことだ」司令官はしばらく頭を振っていた。「世界は悲劇に満ちあふれている。どこもかしこも同じだ。わたしのリンツ・アム・ラインの家も爆撃された。全壊だ。子どもが死んでしまった」司令官は頷いて、アントンを見つめつづけた。「なにか言いたいんだろう」彼は言った。「言ってごらん」

「ぼくの父と母もここにいますか？　二人共、きのう連れて行かれたんです」ペーターのことは口にしてはならない、と彼は理解していた。追跡の手がかりを与えることになるかもしれないからだ。

　司令官は再び書類をぱらぱらと見はじめた。

「それは別の管轄なんだ。すまんな。わたしにはどうすることもできないんだ。今はなにもかもが混乱している。きっとこの辺りのどこかにいるはずだ。ちょっと待つしかない。いずれにしても、戦争はもう長くはつづかない。そうしたら、すべては悪夢だったことになるだろう。さて……」突然、彼はほほ笑みとともに両腕をアントンの方に伸ばして言った。「君のことをどうしようか？　我々のところにいるかね？　兵士になるか？」

アントンもほほ笑み、どう言えばいいのかわからずにいた。

「将来、なにになりたいんだろう……」彼は一瞬、小さな灰色のカードを見た。「アントン＝エマニュエル＝ウィレム・ステーンワイク君は？」

司令官がもっているのが自分の身分証明書であるのがわかった。

「まだわかりません。飛行士かも」

司令官はほほ笑んだが、すぐに真顔に戻った。

「それでだな」彼は太いオレンジ色の万年筆を回して開けて言った。「本題に入ろう。ハールレムに親戚はいるかね？」

「いません」

司令官が顔を上げた。

「親戚が誰もいないのか？」

「アムステルダムにはいます。伯父と伯母が」

「そこにしばらく住めると思うか？」

「住めると思います」

「伯父さんの名字は？」

「ファン・リンプトです」

「名前は？」

「えっと……ペーター」

「職業は？」

「医者です」

しばらく伯父と伯母の家で暮らすという見通しは彼を嬉しい気持ちにした。アポロラーン通りにあるすばらしい家のことはよく思い出していた。どこか神秘的な雰囲気だと感じていたのは、大きな街に取り囲まれていたからかもしれない。

名前と住所を書きながら、司令官はドイツ語で厳粛な調子で言った。

「ポイボス・アポローン！　光と美の神！」突然、彼は腕時計を見てペンを置き、立ち上がった。

「失敬」彼は急いで部屋を出た。廊下で兵士になにか叫ぶと、兵士は足音を立てて走り去った。「すぐに小規模の護衛団がアムステルダムに向かいます」戻ってきた兵士が言った。「それに乗って行けるぞ、シュルツ！」司令官は叫んだ。それはアントンをアムステルダムに送って行く軍曹の名前だった。司令官自身はすぐに当局宛てに短い文書を書く。その間に、この少年に暖かい服を与えるように。彼はアントンのところに行き、握手を求め、もう片方の手を肩に置いた。「よい旅を、飛行士君。頑張るんだぞ」

「はい。さようなら」

「じゃあな」

一瞬、曲げた人差し指と中指で頰をつねられた後、彼は部屋から出された。

かび臭く寒い備品室で、シュルツが彼の服を選んだ。彼の話す方言はアントンには一言もわからなかった。長い列にミリタリージャケットとブーツ、棚には新しいヘルメットが並んでいた。シュルツは灰色の分厚いセーターを二枚持ってきて、アントンに重ねて着せた。耳の周りにはマフラーが巻かれ、その上からヘルメットが被せられた。重たいヘルメットがぐらついて耳の下にずれると、革の内張りの奥に紙を押しこみ、顎紐をしっかりと締めた。これでだいぶおさまりがよくなった。離れたところからアントンを見たシュルツは不満げに頭を振り、列のいちばん左からジャケットを取ると、アントンに当ててみた。それから巨大なハサミを引き出しから出して、ジャケットを床に置いた。アントンは自分に合うよう、あたりまえのようにジャケットが切られるのを驚いて見ていた。裾と袖が大幅に切り取られた。ジャケットが脱げないよう、腰にほつれた紐が結ばれた。最後に裏地のついた大きな手袋をもらった。シュルツは吹き出し、わからないことを言って、ますますひどく笑いだした。

友だちが今こんな自分の姿を見たらなんと言うだろう！　でも友だちは皆、家で退屈していてなにも知らないのだ。上に上がると、シュルツもジャケットとヘルメットを身に付けた。司令官の部屋で受け取った手紙を内ポケットに入れると、二人は外に出た。

陰鬱な空から極細の、きらめく氷針が降っていた。周囲を覆われた敷地の反対側にある車庫に、すでに小規模の護衛団の準備が整っていた。高さのある、くすんだ色の帆布に覆われたトラックが四台。その前に長細いオープンカー。前列の助手席に座った将校が、まだ来ないのかと不満げな顔で見ていた。その後ろの二列には、四人の厚着をした兵士が膝にサブマシンガンを置いて座っていた。アントン自身は一台目のトラックのキャビンに、運転手の不愛想な兵士とシュルツの間に座らされた。なんといろんなことが起こるのだろう！　アントンはまだ過去についてじっくり考えるには若すぎて、新たな出来事が起こるたびに先に起こった出来事が押しのけられ、ほぼなかったことになっていた。

　護衛団はハールレムの郊外を抜け、古い曳舟用水路と並行してアムステルダム方面に向かう直線の二車線道路を走った。他の車は見えなかった。左手には電車と路面電車の架線が、優美な弧を描いて地面に垂れ下がっていた。レールは所々でまるでかたつむりの角のように立っていた。鉄塔が倒れていることもあった。見渡すかぎりの土地が凍っていた。護衛団はゆっくりと進んだ。キャビン内の騒音のため、会話をするのは不可能だった。すべては汚い、震える鉄でできていて、それはアントンがこれまで聞いたどんなことよりも明らかに、戦争について物語っていた。火、そしてこの鉄――それが戦争だった。

　一行は誰ともすれちがうことなく、死に絶えたような砂糖工場沿いにハルフウェフ村に入った。アムステルダムまで残り二十キロだ。地平線の、かつて環状道路用に築かれた――そう父が話していた――土手の向こうに、すでに街が見えていた。雪に埋もれた泥炭発掘所の脇を走っている時、最前列の車が突然、路傍に突っ込んだ。兵士たちは両腕を振り回して叫び、車から飛び降りた。その瞬間、アントンは飛行機を見た。蚊ほどの大きさにしか見えない飛行機が遠くで道の上を横切って飛んでいた。運転手は叫びながらブレーキを踏んだ。

「降りろ！」

　エンジンを切らずに、運転手は外に飛び降りた。シュルツも反対側からそうした。いたるところから叫び声が聞こえてきた。いちばん前の兵士たちは乗っていた車の後ろに跪き、胸元にサブマシンガンを構えた。横で誰かが自分に向かって叫び、手招きしていた。目の端から、シュルツであるのが見えた。だがアントンは、弧を描いて道の上まで飛び、それからまっすぐ自分の方に突然大きくなりながら向かってくる物体から目を離せなかった。スピットファイアだ、いや、モスキートだ、いや、やはりスピットファイアだ。彼は震える鉄の中で催眠術にかかったように、それが自分に向かい来るのを見つめていた。まるで自分を愛しているかのように。自分を攻撃することはできないはずだ。彼らの味方である自分を。彼らにはわかっているだろう……昨日だって……翼の下が光り、パチパチ音がした。小さな、意味のない行為。地上でも火が燃え盛った。辺り一面、ヒューッ、ドンという音に満ちた。アントンは命中の衝撃を感じた。機体が自分に激突すると思い、ダッシュボードの下に身を伏せた。頭上ではエンジンが唸る音がローラー車のように彼の上を通っていった。

しばらくして、彼は運転席の下から引きずり出され、路傍に引きずられて行った。道の両脇で百人ほどの兵士たちが立ち上がるのが見えた。少し離れた最後部のトラックからは煙が立ち昇り、呻き声が聞こえた。飛行機が雲の合間に消え、戻ってこないことがわかると、ほとんどの兵士がそちらに走って行った。まだドキドキしながら、アントンはシュルツ軍曹のところに行くため、道を渡った。レコード針ほどの大きさの細氷が彼の顔に吹きつけた。トラックの反対側ではタラップのすぐそばで二人の兵士が、横たわる体をそっと裏返した。シュルツだった。胸の横側に濃い色の血が溜まり、鼻と口から血が流れていた。まだ生きてはいたが、顔が痛みにこわばっているのを見て、すぐに処置が必要なのがアントンにもわかった。血だらけの様子を見たことよりも自らの無力さから、突然、気持ちが悪くなり、冷や汗をかいて顔をそむけた。ヘルメットを脱ぎ、マフラーをほどき、震える泥よけを摑むと、喉から反吐が噴き出した。それとほぼ同時に最後部のトラックが燃え上がった。

その後に起こったことをアントンはほとんど理解できなかった。ヘルメットが再び被せられ、誰かが彼をオープンカーに連れて行った。将校が命令を叫び、シュルツとその他の負傷者——死者もいるかもしれない——は三台目のトラックに寝かせられた。その他の兵士は全員一台目と二台目のトラックに乗った。数分後には護衛団は燃え盛るトラックを残して出発した。

アムステルダムが近づいてくる中、将校は絶え間なくアントン越しに運転手に叫びつづけていた。突然、彼はアントンにいったいお前は誰なのか、と訊ねた。そしてどこに行くのか、と。アントンは質問を理解したが、呼吸がうまくできず答えることができなかった。将校は顔の前で払いのける仕草をして、実際には知りたくもないことを示した。アントンの頭にずっとシュルツの顔が浮かんできた。彼はトラックのすぐ脇に横たわっていた。アントンをキャビンから助け出そうとしていたのだ。負傷したのは自分のせいで、きっと死んでしまうだろう……。

一行は土手を越えて街に入った。少し先の四つ角で将校は立ち上がり、一台目と二台目のトラックの運転手に直進するよう指示した。一瞬、アントンは一台目の泥よけに自分の反吐を見た。それから将校は三台目のトラックの運転手に目配せをして、自分たちについてくるよう示した。しばらく一行はほとんど歩行者のいない、運河沿いの幅広い道を走った。時折、道を横断した。ボロを纏った女性と子どもの集団が、路面電車の錆びたレール沿いに舗装の石を壊して、なにかを探していた（レールの土台の木片を薪にするため）。荒廃した家々の立つ、静まり返った狭い道を通り、一行はウェスターハストハウスの門に到った。門の奥は病院で、道と大きな建物がいくつかあり、独立した街のようだった。〈野戦病院〉と書かれた尖った標識のあるバラックの前で車は停まった。すぐに数人の看護師が駆けつけた。カーリンとはまったくちがういでたちで、くるぶしまで届く濃い色のコートを着て、カーリンのものよりずっと小さな白の頭巾で頭髪を包んでいた。将校と後部座席の兵士たちが降り、アントンがそれに続こうとすると、運転手が彼を遮った。

彼ら二人で再び街に戻った。鉛のような重さの頭でアントンは周りを見渡した。数分後には、父親と来たことのある国立美術館の裏を通り、広場に着いた。広場の中央は柵で囲まれており、二つの巨大な長方形の防空壕もあった。反対側の端、国立美術館の真向かいには古代ギリシャの宮殿のような建物があった。屋根にリラ（古代ギリシャの竪琴）がついていて、ティンパヌムの下には大きな文字で〈CONCERT - GEBOUW〉（コンセルトヘボウ）と書かれていた。その前に〈ドイツ国防軍休憩所・エリカ〉と書かれた背の低い建物があった。左右には戸建ての大邸宅が並び、その中の何軒かはドイツ軍に使用されているようだった。そのうちの一軒の前で車は停まった。ライフル銃を背負った歩哨がアントンをちらりと見て、最後に徴兵された兵士か、と運転手に訊いた。

ホールに入ってもヘルメットを被り、大きすぎるコートを着た小さな男の子として、笑いの的だったが、ちょうど階段を上がるところだった将校がその場を静まらせた。将校は艶（つや）のあるロングブーツを履き、あらゆる種類の飾り紐、記章、勲章の付いた軍服を着ていた。首にも鉄十字の勲章が掛かっていた。もしかしたら将官なのかもしれない。四人の若い将校を従えて彼は立ち止まり、いったいどうしたのか、と訊いた。慌てて姿勢を正した運転手がなんと答えたのか、アントンには聞き取れなかったが、当然、空襲の話をしたのだろう。運転手の話を聞きながら、将官は平たいエジプトのタバコを箱から取り出し、〈Stambul〉と書かれた蓋（ふた）の上で叩いた。すぐに将校が火を点けたマッチを差し出した。将官はしばらく上を向き、天井に向かって煙を吐き出した。運転手にその場を去るよう手で示し、アントンに上について来させた。将校たちはひそひそ話をし、少し笑っていた。将官のまっすぐな背中は少し前に傾いていた。少なくとも二十度は傾いているだろう、とアントンは思った。

　大きな部屋で将官はアントンに苛立った仕草で、まずはその馬鹿げた服を脱ぐよう、命じた。まるでポーランドのビャウィストク・ゲットー（ナチス・ドイツが設置したユダヤ人隔離居住区）のいたずら小僧のように見える、と将官が言うと、将校たちがまたほほ笑んだ。アントンが言われたようにしているうちに、将官はドアを開けて控えの間に向かってがなり立てた。将校たちはおとなしくしていた。一人の将校は窓台にエレガントに座って、タバコに火を点けた。

　アントンが机の前に座ると、ほっそりとした若いきれいな女性が部屋に入ってきた。黒いワンピース姿で、サイドで留めた金髪を後ろで結び、垂らしていた。彼女は牛乳を入れたコーヒーのカップを彼の前に置いた。ソーサーの端にはミルクチョコレートが一かけ、載っていた。

「どうぞ」彼女がオランダ語で言った。「食べたいでしょ」

　チョコレート！　その存在は、楽園と同じように、聞くばかりになっていた。だがまだ食べることはできない。将官がなにが起こったのかを最初から話させたからだ。女性が通訳を務めた。話の前半の、襲撃と放火については――アントンは（もうずっと昔のことに感じていたものの）途中でちょっと泣き出してしまった――身動きせずに聞いていた。時折、手のひらできちんと梳かした髪をそっと撫で、指の背で艶のいい顎をさする以外は。だがそれにつづくあらゆる段階では、自分の耳を疑うようだった。アントンが警察署の地下に投獄されていたと聞くと、「なんだって！」と叫んだ。「そんな馬鹿なことがあるか！」すでに別の誰かが投獄されていたことは、話さないことにした。その後、軍政司令部に連行されたことも、彼の理解を越えていた。「信じられん！」ハールレムには養護施設はないのか、と。軍政司令部に連れて行くとは！「まったくもってすばらしい！」そして、司令官が軍の護衛団でアントンをアムステルダムの伯父に届けに来た？　辺り一帯、低空飛行機だらけだというのに？　ハールレムの連中は全員、正気を失ったのか？「頭が働いていないじゃないか！　すべて明らかに違反行為だろう！」彼は両腕を挙げて、力なく机の上に平手を落とした。窓台に座る将校が、将官の変化に富んだ憤りに吹き出した。「ああ、笑いたまえ」と将官は言った。ハールレムの連中は、アントンに一筆、託けるくらいの考えは巡らせたか？　身分証明書なども？

「はい」とアントンは言ったが、その瞬間、シュルツ軍曹が手紙を内ポケットに入れる光景が蘇ってきた。半時間後にあの怖ろしい傷のできる場所に。

彼が再び泣き出すのを見て、将官は苛立って立ち上がり、連れて行ってなだめるよう指示した。すぐにハールレムにも電話するように、と。いや、あいつらのことは放っておけ。伯父を呼んできて、少年を連れ帰らすのだ。

若い女性がアントンの肩にそっと触れて、部屋の外に連れ出した。

一時間後に伯父が姿を現した時、彼はまだ――口の両脇がチョコレートで茶色く汚れたまま――待合室ですすり泣いていた。膝には『シグナル』誌が載っていて、空戦のドラマチックな絵が描かれたページが開いていた。伯父は雑誌を地面に落とし、彼のもとに跪いて黙って抱きしめた。だがすぐに立ち上がってこう言った。

「行くぞ、アントン、ここから立ち去るんだ」

アントンは母親の目を覗きこんでいた。

「もう聞いたの？　ペーター伯父さん」

「ああ」

「コートがどこかに置いてあるんだ……」

「行くぞ」

伯父に手を引かれ、コートは着ずに二枚のセーターで、彼は冬の日の下に歩み出した。まだすすり泣いていたが、もはや理由がほとんどわからなくなっていた。まるで涙とともに記憶も流れ落ちてゆくようだった。反対側の手が冷たくなり、ポケットに入れた。なにかわからないものが彼の手に触れた。彼はそれを取り出して見た。サイコロだった。

二番目のエピソード
1952年

1

残りは余波だ。火山灰の雲が成層圏に上昇し、地球の周りを漂って、何年経ってもまだすべての大陸に降り注ぐように。

オランダが解放されて数日経っても、両親とペーターから依然として知らせがないと、伯父は朝早く自転車でハールレムに向かった。そこでなんらかの情報を得るためだ。あのような報復においては通例ではなかったものの、どうやら彼らは拘留されたようだ。だがたとえフュフトやアメルスフォールトの強制収容所に送られたとしても、もう解放されているはずだ。まだ戻ってきていないのは、ドイツの収容所の生存者だけだった。

アントンはその日の午後、伯母と共に市街地に出かけた。街はまるで瀕死（ひんし）の人の血色が突然よくなり、視線を上げて、奇跡的に生き返ったように見えた。いたるところでペンキの剝げた窓枠から国旗が翻っていた。あちこちの混雑した道——草やアザミが石畳の間から生えていた——に音楽が流れ、人々は各々、または連なって踊っていた。青白く痩せた国民が、ベレー帽を被り、灰色や黒、緑ではなくベージュと薄茶色の軍服を着た恰幅のいいカナダ兵たちの周りに笑いながら群がっていた。彼らの軍服はかっちりとした仕立てではなく、ふだん着のようにゆったりしていて、兵士と将校の差もほとんどなかった。ジープと装甲車は神聖な物のように触れられ、英語を話せる者は地上に降りた天の領域に乗せてもらった。タバコをもらう者までいた。自分と同年代の少年たちが勝ち誇って、輪の中に白い星の描かれたラジエーターの上に座っていても、アントンはそこに加わることはなかった。両親とペーターのことを心配していたためではない。彼らのことは考えていなかった。むしろ、このすべてが彼のものではなく、今後もそうなることはないからだった。彼がいるのはもうひとつの、幸いにも今、終わりの来た世界、もはや考えたくないがそれでも彼のものである世界だった。それ故、結局のところ彼に残っているものはほとんどなかった。

　夕食前に伯母と帰宅すると、彼はすっかり自分用に整えられた自室に入った。子宝に恵まれなかった伯父夫婦は彼を自分たちの子のように扱ってくれた。それは、常に実の息子以上の関心を払うことであり、同時に鋭さを欠くことでもある。またハールレムで両親と住むことになったらどうだろう、と時折、考えてみることはあったが、混乱に陥って、すぐに考えるのをやめてしまった。彼はアポロラーンの医者の家に住むのを心地よく思っていたが、それは自分が伯父と伯母の息子であると感じないいからこそだった。

　伯父はアントンの部屋に入る前にはいつも必ずドアをノックした。伯父の顔を見た瞬間、どんな知らせをもってきたかがわかった。右の足首には、自転車に乗る時にズボンの裾を留めるスチール製のクリップが付いていた。椅子に座った伯父はアントンに、非常に悲しい知らせなので覚悟するよう言った。彼の両親は一度も投獄されていなかった。彼らはあの夜、二十九人の人質とともに銃殺されていたのだ。ペーターがどうなったかは誰も知らない。その点ではまだ希望があるということだ。警察にも行ったが、人質のことしかわからなかったそうだ。伯父は近所の家にも行ってみた。〈ルステンブルフ〉のアールツ家は不在だった。コルテウェフ家は在宅していたが、伯父には対応しなかった。最終的に、ベウマー家で話を聞いた。ベウマー氏は見ていたのだそうだ。伯父は詳細は語らず、アントンも聞こうとはしなかった。壁を左側にしてベッドに座り、灰色のリノリウムの床の炎のような模様を見ていた。自分はもうずっとこの事実を知っていたような気がしていた。ベウマー夫妻はアントンが生きていると聞いて大変喜んでいた、と伯父は語った。足首のクリップを取り、両手で持っていた。クリップは蹄鉄の形をしていた。アントンは当然、これからもここに住みつづけることになる、と伯父は言った。

ペーターもあの夜、銃殺されていた、という知らせは六月になってようやく届いた。その知らせはその時点ですでに、まるで先史時代から届いたような、うまく想像できないものとなっていた。一九四五年一月から一九四五年六月までの五ヵ月の距離は、アントンにとって一九四五年六月から現在までの距離よりも、比較できないほどずっと大きなものだった。その時間の歪みの中に、後に彼が自分の子どもたちに、戦争とはなんであったのかを明確に語ることのできない〈無力〉が隠れていた。彼の家族は、ふだんはほとんど思い出すことがないものの、時折、予想もしない時に断片が現れる領域に移行していた。学校で窓から外を眺めている時や、路面電車の後部乗車口に立っている時などに。寒さや飢え、銃声、血、炎、叫び声、牢獄のあるその暗い場所は彼自身の奥深くにあって、そこにほぼ密閉されていた。思い出す瞬間には、まるで夢を思い出すようだった。だが思い出すのはどんな夢を見たか、ということよりも悪夢を見た、ということだった。ただ、密閉された闇の中心には時折、眩い光がきらめいていた。彼の顔を撫でる若い女性の指先だ。彼女があの襲撃に関わっていたのか、あの後、彼女がどうなったのかはわからなかったし、知りたくもなかった。

　優秀でも劣等でもない並(なみ)の学生としてギムナジウムを卒業すると、アントンは大学で医学を専攻した。その頃にはすでに占領時代について多くの本が出版されていたが、読むことはなかった。当時についての小説や物語も同様だった。国立戦争資料館に行くこともなかった。行っていれば、ファーケ・プルーフ殺害についてなにが明らかであるか、ペーターはどのように殺されたのか、聞くことができたかもしれない。自分が一員であった家族は取り返しがつかないまでに抹殺されてしまった——彼にはその知識だけで十分だった。彼が知っていたのは、あの夜のナチスの行動は裁判にかけられなかった、ということのみだった。裁判になっていれば、彼が尋問されていたはずだ。顔に傷のある男の行方も捜索されなかったということだ（ゲシュタポに始末されたのかもしれないが、どうでもかまわない。すべての関係者の中で最も取るに足りない人物なのだから）。おそらくほぼ独断での行動だったのだろう。ナチスが撃ち殺された家を焼き払うのは例外的なことではなかったが、その家の住人まで処刑するのはポーランドやソ連でのみ適用された残忍な行為だ。もっとも、そこで起こっていれば、アントンも殺されていたのであろうが——たとえ揺りかごの赤ん坊であったとしても。

2

だが物事はそんなに早く消え去るものではなかった。一九五二年九月末、大学二年の時に、アントンは学友のハールレムの実家での誕生日パーティーに招待された。七年前にドイツ軍の護衛で街を出て以来、ハールレムに戻ったことは一度もなかった。最初は行くつもりではなかったが、一日中、気になっていた。昼食後、突然彼は、最近自分で買った若いハールレム出身の作家の小説を手に、駅を目指して路面電車に乗った。はじめて売春宿に行くような気分だった。

土手を越えると、電車は巨大な鋼鉄の管の下を走った。管は幹線道路の反対側で、かつての泥炭発掘所に灰色の泥を噴出していた。燃えたトラックは運び去られていた。彼は顎を手に載せて、混雑する道路を見た。路面電車も再び通っていた。ハルフウェフ村を越えると、ハールレムのシルエットが見えてきた。未だにロイスダールの絵画とさほど変わりがない。ロイスダールが絵を描いた当時、アントンの家があった場所は森と漂白場だったが（〈漂白場のあるハールレムの風景〉という絵が有名。麻布の漂白が地域産業だった）、空は同じだった。アルプス山脈のような雲に光の束が当たっている。彼が見ていたのは地上に数多くあるありふれた街ではない。彼自身が他の人々から異なるように、街も異なっている。

　ドイツ国営鉄道から没収した客車の、三等の金色の木製の座席に座って窓の外を眺める彼を見た者は、そこに長身の二十代の若者を見る。まっすぐな濃い色の髪がゆっくりと額に落ちてくるのをさっと頭を動かして後ろに戻す。その動きは不思議と好感のもてるものだった。何度も繰り返されるゆえ、辛抱強さを表しているからかもしれない。濃い色の眉毛で、胡桃色のきめ細かな肌をしていた（目の周りはさらに少し肌色が濃かった）。灰色のズボン、厚手の生地の青いブレザー、クラブタイ、襟先の丸まったシャツを着ている。唇を尖らせて窓に向かって吐き出すタバコの煙は、細い霞となってしばらくガラスに纏いついていた。

　駅から路面電車に乗って、友人宅に向かった。友人も南地区に住んでいたが、彼の家族は戦後、引っ越してきたので、昔のことを訊かれる心配はない。路面電車がカーブを曲がってデ・ハウト森林公園に入ると、一分間、かつての軍政司令部が見えた。鉄条網と対戦車壕はなくなり、残っているのは荒廃して窓に板を打ち付けられたホテルにすぎなかった。かつてはレストランだった車庫は廃墟となっていた。ここにかつてなにがあったのかは、もはや友人でさえ知らないはずだ。

「来ないのかと思った」ドアを開けた友人が言った。

「すまん」

「いいよ。簡単に来れたか？」

「ああ」

裏庭の高い木の下に長いテーブルが置かれ、ポテトサラダやその他のデリカテッセン、ボトル、積み上げた皿とナイフ・フォークが載っていた。プレゼント用の別のテーブルに、彼は持参した本を置いた。芝生一面にすでに客たちが立つか座るかしていた。全員に紹介された後、彼はアムステルダムの知り合いの、ほろ酔いのグループに加わった。ビールのグラスを胸元に持ち、彼らは池のほとりに輪になって立っていた。皆、アントン同様、痩せた体にブレザーというでたちだ。リーダー格は友人の兄のようだった。ユトレヒトで歯科学を専攻している。右足には巨大な、形の定まらない黒い靴を履いていた。

「こうしてみると皆、青二才だな」ヘリット＝ヤンという名の兄は威勢よく話していた。「それはまちがいない。お前たちが唯一考えているのは――自慰は別として――如何にして兵役を免れるか、ということだろう」

「兄貴はいいよな。足のせいで誰からも入隊を望まれないんだから」

「クソガキめ、別の話をしてやろう。ちょっとでもキンタマがあるんだったら、兵役に就くだけでなく朝鮮派遣に志願するんだ。あっちでどうなってるか、お前たちはまったく知らんだろう。野蛮人たちがキリスト教文明の門を叩いてるんだ！」彼は人差し指を振りかざした。「そいつらに比べたらファシストなんて子どもみたいなもんだ。ケストラーが詳しく書いてるから、読んでみるんだな」

「自分で行って、その馬鹿げた靴であいつらの脳みそを叩き潰してこいよ、カジモド」

「うまいこと言うな！」ヘリット＝ヤンが笑った。

「朝鮮はアムステルダム大学みたいなもんだ」別の誰かが言った。「大学もますます不当なクズどもで溢れ返ってる」

「紳士諸君」ヘリット＝ヤンがグラスを掲げて言った。「国内外の赤いファシズムの没落に乾杯！」

「実は自分も参戦すべきなんじゃないか、という気はするんだけど……」会話のトーンを完全には理解していない青年が口をはさんだ。「戦時中にＳＳだった奴らが入隊してるらしいんだ。志願すると、起訴を免除されると聞いた」

「それがどうした？　今や敵は共産主義者だ。ＳＳだった奴らは朝鮮でうまく償いができるんだ」

（対独協力の罪で奪われたオランダ国籍が朝鮮戦争出征により返してもらえた）

償い、とアントンは思った。うまく償いができる。彼は二人の青年の間から池の向こう岸を見た。静かな道があり、自転車に乗った人たちが行き交い、犬の散歩をしている人がいる。そこにも何軒かの邸宅が立っていた。ここからは見えない少し先の幼稚園で、食事の配給に並んだのだった。さらにいくつか先の道、少し左に進み、空き地を越えたところに、すべての起こった場所があった。ここに来るべきではなかった。二度とハールレムに来てはならなかったのだ。死者が埋葬されるように、自分の中で埋めるべきだった。

「愚か者が考えに耽って遠くを見てるぞ」ヘリット＝ヤンが言い、アントンが自分を見ると、「ああ、お前のことだよ、ステーンワイク。で？　お前の結論はなんだ？」

「どういう意味？」

「俺たちは共産主義者を攻撃するのか、関わらないようにするのか？」

「俺はもうひどい目に遭ったんだよ」アントンは言った。

その瞬間、サンルームでレコードがかけられた。


　サンクス・フォー・ザ・メモリー……


偶然のタイミングにほほ笑んだが、誰も気づかないのを見て肩をすくめ、彼らのもとを離れた。音楽が木々の下のまだらな影と混ざり合い、それがまたなんらかの方法で彼の記憶をかき立てた。彼はハールレムにいる。暑い夏の終わりの日——今年最後の夏日かもしれない——に、再びハールレムにいる。それはよくない。二度と戻って来てはならなかったのだ。後に年間十万ギルダー稼げる仕事がハールレムに見つかったとしても。だが今ここにいる以上、彼は永遠に別れを告げたかった。今ただちに。

「で、青年よ、君は？」

彼は驚いて友人の父親の顔を見た。白髪を横に撫でつけた小柄な男で、ズボン丈の短すぎるサイズの合わないスーツを着ていた。それがオランダの上流社会のある人たちの常なのだ。隣りには妻が立っていた。背中の丸い上品な女性だ。あまりにも華奢（きゃしゃ）で白い服を着ているので、今にもパンッと壊れ、塵（ちり）となって舞いそうに見えた。

「はい、ファン・レネップさん」彼はなにを訊かれたのかわからないまま、ほほ笑んで言った。

「楽しんでるかい？」

「楽しもうとしています」

「ならいいが。随分、ひどい顔をしてるから」

「ええ」彼は言った。「ちょっと外を歩いてきます。すみません……」

「ここでは誰もすまなく思う必要はないんだよ。好きなようにしたまえ。吐いてしまえばすっきりするだろう」

彼は、白いガーデンチェアに座って紅茶を飲んでいる親戚の横を通って家の中に入り、玄関から外に出た。横道を曲がり、しばらくすると池のほとりを歩いていた。反対側まで来ると、芝生の上のパーティーを見た。水の上を伝わってくる音楽は、こちらからも同じくらいはっきりと聞こえた。

その瞬間、彼はヘリット＝ヤンに見つかった。

「おーい！　こら、ステーンワイク！　志願兵の申し込み場所は別の方角だぞ！」

アントンは手で面白い冗談だと示す素振りをし、それからはもう振り返らなかった。

空き地を越える道ではなく、緩やかなカーブで堤防沿いに至る道を歩いた。自分の行いはふさわしくない、と彼は思った。どこを取ってもまちがっている。〈犯人は犯行現場に戻りくる〉ようなものだ。昔のままのヘリンボーンの石畳を見て突如、心が動いた。かつてはじっくり見たことがなかったが、今見ると、昔からずっとこうだったのがわかった。運河まで来ると、対岸を見つづけるよう自分に強いた。労働者用住宅、小さな農場、風車、牧場……すべてが変わっていなかった。雲は姿を消し、牛たちが午後の陽を浴びて静かに草を食んでいる。地平線の向こうは、今ではハールレムよりもよく知るアムステルダムだ。だがそれは、他人の顔を自分の顔よりもよく知るようなものだった――自分の顔は見たことがないのだから。

彼は道を渡り、路傍に沿って新たに敷かれた歩道を今しばらく歩いた。そこではじめて彼はぐいと横を見た。

3

三軒の家。一軒目と二軒目の家の間は垣根のみを残して、歯が抜けたように空き地になっている。垣根の奥にはイラクサと灌木が生い茂り、十六世紀の絵画――丘に天使がいて、カラスが怪物のような小男を悪意を込めて見つめている――に描かれているような、ほっそりした背の低い木々が生えていた。裏手の空き地より雑草が多いのは、もしかしたら燃えかすの灰で土地が肥沃になっているからかもしれない。彼は伯父に聞いた話を思い出していた。北フランスの丘陵地の畑にもそんな箇所があり、農民たちはそこを避けて耕すそうだ。第一次世界大戦の集団墓地があるのだろう、と。イラクサの陰にはまだ石畳、壁の断片、土台、そして地面の下には地下室があるはずだ。彼のキックボードが盗み出され、瓦礫(がれき)でいっぱいの地下室が。自分が思い出さなかった間も、ここは何年もこうして存在していたのだ。ちょうど砕氷船が毎秒、極氷を割りつづけるように絶え間なく。

ゆっくりと、頭を少しかしげて、時折、髪の毛を後ろにはらいながら、彼は自分がＤＫＷに乗っていた場所へと歩いて行き、再び空っぽの空間を見た。スズメたちが木々に止まって騒ぐ中、彼は自分の家が蘇るのを見た。透明な記憶をたどり、レンガ、ガラス、茅葺きでできた家。出窓、その上には寝室の小さなバルコニー、尖った屋根、左側にある自室の増築した窓。バルコニーの下の斜めに切った板——

バウテンルスト

コルテウェフ家の名前はペンキを上塗りして消してあったが、〈ウェルヘレイヘン〉と〈ルステンブルフ〉はまだ書かれたままだった。かつて大昔にプルーフが横たわっていた場所を見た。ヘリンボーンの石畳の上に、まるで警察がチョークで星形に輪郭を描いたようにプルーフが見えた。アントンはその場所に触れて、両手を置きたい衝動に駆られ、そのことを不快に思った。それでも彼はゆっくりと道の向かい側に歩いて行った。だがそこにたどり着く前に〈ウェルヘレイヘン〉の窓に動きが見えた。目を凝らすと、ベウマー夫人であるのがわかった。彼女の方が先に彼を見つけ、手を振っていた。

　彼はぎょっとした。彼女、あるいは他の誰かがまだここに住んでいるとは一瞬たりとも考えたことがなかったからだ。それは想像を超えている！　彼にとっては場所のみが重要なのであって、人間はどうでもよかった。アムステルダムの自宅で考えてみる時にも、ベウマー家、コルテウェフ家、アールツ家の人たちは出てこなかった。人間の方も変わらず存在しつづけていたとは……走って逃げ出したい衝動に駆られたが、彼女はすでに玄関口に立っていた。

「トニー！」

まだ立ち去ることはできたが、躾がよかったからだろう、彼はほほ笑みながら庭木戸を通り、彼女の方に近づいて行った。

「こんにちは、ベウマーさん」

「トニー、まあ！」彼女は彼の手を摑んでさっと抱き寄せ、もう片方の腕を彼の腰に回した。その動作は長い間、誰のことも抱きしめてこなかったようにぎこちなかった。当時よりもずっと年を取って小柄になっている。真っ白になった髪の毛にパーマをあてて小さなウェーブにしていた。彼女は彼の手を離さなかった。「お入りなさい」と言いながら、敷居の奥へ彼を招き入れた。目に涙が浮かんでいる。

「いや、実はこれから……」

「誰が来てくれたか、見てごらんなさいよ！」表側の部屋のドアの奥に向かって彼女が大きな声で言った。

十九世紀当時、まだモダンではなく古風だった（その後、一時期流行ったものの今はまた古風なものとなった）ひじ掛け椅子にベウマー氏は座っていた。あまりに年を取って小柄になってしまったために、もはやつむじが長細い背もたれの木彫まで届かない。両手を載せたチェックの膝掛けの下に隠れた脚は常に揺れていて、頭もずっと小刻みに震えていた。アントンが手を差し出すと、傷ついてはためく鳥のような手が差し伸べられた。彼はそれを摑んだが、手ではなく、冷たくて生気のない手のイメージのように感じた。

「ケース、元気かね？」彼は消え入りそうなしゃがれ声で訊ねた。

アントンはベウマー夫人の方を見た。彼女は仕方ないのよ、という身振りをした。

「元気です、ベウマーさん」彼は答えた。「ありがとうございます。ベウマーさんもお元気ですか？」

だが彼は元気か、と口に出して訊くだけですでに疲れたようで、頷くだけだった。それ以上、なにも言わなかったが、小さな青い潤んだ目でアントンを見つめつづけていた。口角が唾液で光っている。顔の皮膚はサンドイッチを包むセロファン紙のように薄く、まだ残っている髪はアントンの記憶にある麦わら色をしていた。昔は赤毛だったのかもしれない。卵を縦に切ったような形をした、こげ茶色のベークライトのラジオから子ども番組が聞こえている。ベウマー夫人は食卓を片づけはじめた。食事はすでに終わったようだ。

「手伝います」

「いいのよ、座ってなさい。今、コーヒーを淹れるから」

彼は暖炉の横の、生まれた時から知っているエキゾチックな椅子——ラクダの鞍(くら)——に馬乗りに座った。ベウマー氏は片時も彼から視線を逸らさない。アントンはちょっとほほ笑んで、辺りを見渡した。部屋の中はなにひとつ変わっていなかった。食卓の周りの四脚のまっすぐな椅子も昔と同じ、木彫りで飾られたものだ。黒い漆喰(しっくい)塗りで先が尖り、どこかゴシック風で不気味に見えて、子どもの頃、お茶をごちそうになりに来るたび、少し怖かった。ドアの上にはまだキリストのはりつけ像――捻じれた黄色の体――が掛かっていた。部屋はすべての窓と、隣りの部屋との間のステンドグラスの引き戸も閉じてあって、饐えた匂いがした。「雑草よ」ラジオから童謡を歌う女性の作り声が聞こえてきた。「見えてるけど、摘まないよ……」突然、ベウマー氏はゲップをして、まるでどこかからなにかが聞こえて驚いたように、周りを見回した。

「なんでもっと早くに訪ねてこなかったの？　トニー」ベウマー夫人が台所から声をかけた。

アントンは立ち上がり、台所の方に歩いていった。廊下から、二人のベッドが裏庭側の部屋に置かれているのが見えた。ベウマー氏がもう階段を上がれないからだろう。ベウマー夫人は笛吹きやかんからお湯を少しずつコーヒーにかけた。

「ハールレムに来たのはこれがはじめてなんです」

「最近、彼の調子がとても悪いの」ベウマー夫人が小声で言った。「気がつかないふりをしてあげてね」

ほかにどうできるというのか？　アントンはそう思った。吹き出して、「くだらないこと喋るな！」とでも叫ぶのか。だがすぐに彼はそれもあるのではないか、その方がいいのではないか、と思った。

「わかりました」彼は言った。

「あなた、自分がぜんぜん変わってないって知ってる？　お父さんよりも背が高くなったけど、すぐにあなただってわかったわ。まだアムステルダムに住んでるの？」

「はい」

「あなたの伯父さんが解放直後にここにいらしたから知ってるの。あなたがドイツ軍の車で連れて行かれるのを主人が見て……あなたがまだ生きてるか、わからなかった。あのひどい時期には誰もなにもわからなかったから。何度、主人とあなたのことを話したことか……行きましょう」

彼らは居間に戻った。ベウマー氏がアントンを見て再び手を差し出したので、黙って握手をした。ベウマー夫人はテーブルにペルシャのテーブルクロスを広げ——アントンはその模様を覚えていた——コーヒーを注いだ。

「ミルクとお砂糖は？」

「ミルクだけお願いします」

彼女は小さな片手鍋から熱した牛乳を広くて浅いカップに注いだ。

「あなたがもう二度と見たくなかったのは……」カップを手渡しながら言った。「その気持ちはわかるわ。なにもかも、あまりにもひどかったから。誰かが何度か、向かい側に立って見てたことはあったのよ」

「誰でしたか？」

「わからないわ。男の人」彼女はクッキーの入った缶を彼の前に差し出して言った。「ビスケット食べる？」

「はい」

「そこ、座りにくくない？　テーブルの方にいらっしゃいよ」

「ここがぼくの指定席ですから」彼は笑いながら言った。「覚えてませんか？　おじさんが『三銃士』を読んでくれてる時、いつもここに座っていたのを」

ベウマー夫人はラジオを消して、テーブルに斜めに向かって座った。彼女も彼といっしょに笑ったが、しばらくすると笑みは消え、顔の赤みがさっと増した。アントンは目を逸らした。親指と人差し指で牛乳の膜の真ん中をゆっくりと持ち上げた。傘のように閉じた膜をソーサーの縁に載せて、薄いコーヒーを一口飲んだ。ここで自分が過去についてなにか質問することが期待されている。自分から切り出さなければならなかったが、まったくその話がしたくなかった。ベウマー夫妻は彼が今でも過去に翻弄され、毎晩、悪夢を見ていると思っているかもしれないが、実際には考えることさえほとんどなかった。この年老いた二人――少なくともそのうちの一人のために、自分がそうではない誰かとしてここに座っているのだ。彼はベウマー夫人を見た。その目にまた涙が浮かんでいた。

「コルテウェフさんはまだここに住んでいますか？」彼は訊ねた。

「解放から何週間か後に越してったのよ。どこに越したか、誰も知らないの。うちにお別れにも来なかった。カーリンも。とても変だったわ。ねえ、ベルト」

夫に話が通じるか、もう一度試してみたいような口調だった。ベウマー氏の頭の小刻みの揺れが、まるで同意を示しているようだった。彼の死によってようやく止まる同意の頷き――それがアントンにはとても奇妙に感じられた。ベウマー氏はコーヒーをもらっていなかった。カップの中身が口に届くまでに空(から)になってしまうからにちがいない。お客がいなければ当然、飲ませてもらうのだろう。

「九年間もご近所さんだったのに」ベウマー夫人が言った。「戦時中、ずっと苦労を共にしてきたのに突然、なにも言わずにいなくなるなんて……あの人たちのことはいつまでたっても理解できないと思うわ。清掃局が取りにくるまで、歩道の上に何日もアクアリウムが積みっぱなしだったの」

「テラリウムですね」アントンは言った。

「あのガラスの箱。まあ、気の毒な人だったから。奥さんが亡くなったばかりの時に、二度ほどうちに来たことがあったのよ。コルテウェフの奥さん、覚えてる？」

「かすかに覚えてるけど、はっきりとは思い出せません」

「それも四二年だった、四三年だったかも。あなた、何歳だった？」

「十歳です」

「いまは感じのいい若夫婦が小さなお子さん二人と住んでるのよ」

テラリウム。コルテウェフ氏のことは大きくて不愛想で、挨拶（あいさつ）以外はなにも話しかけてこない男と記憶していた。帰宅するとすぐにコートを脱ぎ、シャツの袖を上の方までめくり上げるのだが、奇妙な方法で内側にめくるのでパフスリーブのようになって、そこから毛むくじゃらの腕がにょっきり突き出していた。それからたいていすぐに二階に上がり、なにか秘密めいたことをしていた。アントンは気になって仕方がなかった。カーリンはよくガーデンチェアに座って日光浴していた。ダークブロンドの髪を結い上げて、時折、パンティがちらっと見えるほど、スカートが膝のずっと上までめくられていた。ペールブルーの少し飛び出たような目に、しっかりとしたきれいな形のふくらはぎ。アントンはカーリンのふくらはぎを見ると、『飛行世界』誌に載っている飛行機の翼の断面図を思い出した。夜、ベッドで彼女のことを考えると、勃起することがよくあったが、どうすればいいのかわからず、そのまま眠った。生け垣の透き間から彼女の庭に這って出ると、いつでも日焼けするのを中断して、すごろくをして遊んでくれた。少し斜視なのが、彼女によく似合っていた。ある日、秘密を守ると約束させられた後、父親の趣味を見せてくれた。二階の裏庭側の部屋の壁沿いに並んだ細いテーブルに、トカゲの入ったテラリウムが十から十五槽ほど置かれていた。トカゲたちは奇妙な静けさの中、小さな手を樹皮に当て彼を見つめていた――トカゲたち自身のように深く、身動きしない過去から見つめているように。体をS字形に曲げて、にやっと笑っているように見えるトカゲもいた。だが彼らの目は別の言葉を話していた――ほとんど堪えがたいほどの不動の深刻さを。

アントンはカップをマントルピースの振り子時計の横に置いた。ベウマー夫人がコルテウェフについて話す様子から、あの夜、プルーフの死体になにがあったのか、彼女は知らないのだ、という結論に達した。自分が――コルテウェフ家の二人を別にして――それを知るおそらく唯一の人間であることに気づいた。伯父と伯母にも話したことがなかった。如何に不条理なことだったかを知っている人が少ないほど、不条理さの程度がましであるように感じていたからかもしれない。

「そして、その向こうには……」彼は言った。

「アールツ夫妻。彼らはまだ住んでるのよ。でもわたしたちにはぜったいに挨拶しないの。あなたも知ってるでしょう？　あなたがアールツ家に行くこともなかった。人付き合いが苦手なんでしょう。この間もこんなことがあったの。フルーネフェルトさんが隣りの雑草のことで……」

「フルーネフェルト？」

「コルテウェフ家に越してきた一家よ。あなたも見たでしょう？　あなたたちの家のあったところが雑草だらけになってるのを」

「はい」アントンは言った。

「あらゆる雑草の種があちらとうちの庭に飛んできて手に負えないのよ。フルーネフェルトさんが市になんとかしてもらおうと手紙を書いて、わたしたちも署名したの。でもアールツさんはしなかった。どう思う？　たいした手間でもないのに」ベウマー夫人は憤慨して言った。

アントンは頷いた。

「ほんとうに信じられないくらい、はびこってますね」

彼の口調を聞いたベウマー夫人に、自分の発言が不謹慎だったかもしれない、という自覚が生じたようだ。突然、自信なげに彼女は言った。

「つまりね……」

「わかってますよ、ベウマーさん。人生はつづいていくものです」

「なんて利発なの、トニー」彼が問題を自分から取り除いてくれたことを喜び、彼女は言った。立ち上がると、アントンに訊いた。「もう一杯、如何（いかが）？」

「ありがとうございます。もう結構です」

彼女は自分のカップにコーヒーを入れた。

「あなたを見てると気の毒なペーターのことを思い出してしまう」彼女は言った。「ぜんぜん似てないけど、ペーターもやっぱり利発な子だったから。いつでも親切で、いつでも助けてくれて……」銀色のシュガートングにはさんだ角砂糖を、彼女は砂糖壺にぽとりと落とした。「ペーターがいちばん気の毒だったとわたしは思ってるの。あの立派な男の子が。もちろん、お父さんとお母さんも気の毒だけど、でもペーターは……今のあなたよりも若かったのに。後で聞いてほんとうにひどいと思ったわ。見たのよ……あの男を助けようとしたのを。プルーフのことよ。死んでるかどうかは定かでなかったから。悪い奴だったことはわたしも知ってるけど、それでも人間には変わりない。あんなにすばらしい心の持ち主だったペーターが……それが仇（あだ）となって命を落とすとは……」

　アントンは下を向いて頷き、両手でラクダの鞍の茶色い革を撫でた。ペーターが思いどおりにできていたなら、この鞍も燃えていたのだ。ペーターがおそらく望んでいたことが起こっていたら、ここにあるすべてが灰と化していた。ベウマー氏のひじ掛け椅子も、ベウマー夫人の台所も、キリストのはりつけ像も、食卓の不気味な椅子も。ここが、有害な雑草の生えている場所で、彼の両親はまだ隣りの〈バウテンルスト〉に住んでいたのだ。ベウマー夫妻は射殺されるには年を取りすぎていたかもしれないが、ペーターはその後、如何なる人生を送らねばならなかっただろう？　入隊して、オランダ領東インドに派遣されていたかもしれない。一九四七年の〈警察行動〉（インドネシア独立戦争時のオランダの武力行使）で十二月七日師団に属し、村々に火をつけていたかもしれないし、戦死していたかもしれない。そのどれもが想像の及ばぬことだった。ペーターは十七歳から年を取ることはない。今の自分の年齢よりも三歳若い。それもまた想像の及ばぬことだ。彼、アントンは永遠に弟なのだ。たとえ八十歳になっても。すべてが想像の及ばぬことだった。

突然、ベウマー夫人が十字を切った。

「いつでもいちばんいい人たちなのよ」彼女は小声で言った。「神が最初にお呼びになるのは」

だったら、とアントンは考えた。ファーケ・プルーフはもっといい人だったということになる。

「そうですね」彼は言った。

「神のなさることは計り知れないわ。なぜプルーフはちょうどあなたたちの家の前で撃ち殺されなければならなかったんでしょう？　ここであってもおかしくなかったのに。コルテウェフ家でも。主人と何度もその話をしたのよ。いつも主人は言ってたわ。神がわたしたちを見逃してくれたんだって。でも、どうやってそのことを理解すればいいの？　それはつまり、神があなたたちのことは見逃してくれなかったっていうことで、その理由はなんなのか……」

「そこでご主人が言ったんでしょう」アントンは言い過ぎかもしれないと思いながら言った。「ぼくたちが不信心者だったからだって」

ベウマー夫人は黙ってシュガートングでテーブルクロスをつまんだ。その目には三度目の涙が浮かんでいた。

「愛すべきペーター……やさしかったお父さんとお母さん……お父さんがうちの前を通り過ぎる姿が今でも目に浮かぶようだわ。黒いコートに山高帽で、巻いてたたんだ傘をもって。いつも地面を見つめていた。お母さんと出かける時には必ず一歩前を歩いていたわ。東インドの人たちがするように。お父さんもお母さんも誰のことも傷つけたことがなかったのに……」

「きゅうりのピクルスはワニのようだ」突然、ベウマー氏が言った。

妻とアントンが見つめても、彼は無邪気に見返した。

ベウマー夫人は再び自分の手に視線を戻した。

「お父さんとお母さんがどんな目に遭ったか……伯父さんから聞いたでしょう。お母さんがあの男に飛びかかった時……家畜のようにあっけなく殺されて」

アントンはまるで首から尾骨まで電気ショックを受けたようだった。

「ベウマーさん」彼は言葉につかえながら言った。「できればもう……」

「もちろんよ。わかってるわ。すべてがとんでもないことだったから」

今すぐここを立ち去りたかった。何時なのかは見ずに時計を見て、言った。

「ああ、もう行かなきゃ。すみません。ただちょっと来ただけだったのに……」

「いいのよ」彼女は立ち上がり、両手でワンピースの前身頃の皺を伸ばした。「ほんとうにハールレムに来るのははじめてなの？　トニー」

「そうです」

「だったら記念碑も見ておいきなさいよ」

「記念碑？」彼は驚いて繰り返した。

「あそこの……」ベウマー夫人は部屋の隅を指して言った。小さな丸いテーブルの上に、大きくて白っぽい、ダチョウのもののような羽根を挿した花瓶が載っていた（あるいは本物のダチョウの羽根なのかもしれない）。「事件のあった場所にあるの」

「まったく知りませんでした」

「おかしいわね」ベウマー夫人が言った。「もう三年ほど前に市長さんがいらして除幕式があったのに。大勢の招待客がいたわ。あなたに再会できるように二人で願っていたの。夫の頭もあの時にはまだかなりしっかりしてたのよ。でもあなたの伯父さんの姿も見えなかった。いっしょに行きましょうか？」

「どちらでもいいのであれば、できればぼくは……」

「もちろんよ」両手で彼の手を握って、彼女は言った。「一人で行く必要があるわよね。さようなら、トニー。会えてほんとうによかった。夫もきっと同じ気持ちのはずよ。言葉では言えなくなってしまっても」

両手を重ね合わせたまま、彼らはベウマー氏を見た。疲れきって目を閉じている。ベウマー夫人がアントンに、父親と同じくらい大きな手をしている、と言った後、二人は別れを告げた。また近々訪ねてくると約束したが、アントンにはわかっていた。もう二度とベウマー夫妻に会うことはない、と。二度とハールレムに来ることはないのだから。

玄関から外に出ると、視界の左側に明るい空間が広がっていた。昔は自分の家が暗くしていた場所だ。不毛の土地の向こう、かつての〈ノーイトヘダフト〉の庭に新たな住人の姿が見えた。痩せた金髪の男性と小柄なインドネシア系の女性で、どちらも三十五歳前後。男性が小さな男の子とボール蹴りをするのを、赤ん坊を抱いた女性が見ていた。

すみれ色の時間だった。太陽がちょうど沈み、堤防と牧場はどこにも属さない、昼でも夜でもない光に照らされていた。別の世界――そこではなにも動かず変化しない――から届く、すべてを少し浮き上がらせる光だ。運河沿いの道の反対側のはずれ、道が運河を離れる地点の歩道に、昔はなかった人の背ほどの生け垣が見えた。車は通っておらず、彼は斜めに道を渡って記念碑まで歩いていった。

数メートルの幅のある生け垣はツツジでできていて、葉が魔法のような陽光に輝いていた。生け垣の中にはレンガ造りの低い壁があった。壁の中央の部分の上に、じっと前を見つめる女性の灰色の像が立っていた。髪が垂れ下がり、両腕を前に伸ばしている。陰鬱に、静的でシンメトリックに彫られていて、エジプト様式のようにも見える。その下に日付と言葉が書かれている。

彼らは祖国と女王のために命を落とした

左右の翼には二枚の銅板に死者の名前が四列に記されている。最後の列にこうある。

G・J・ソルフドラーハー　★　一九一九年六月三日生
W・L・ステーンワイク　★　一八九六年九月十七日生
D・ステーンワイク＝ファン・リンプト　★　一九〇四年五月十日生
J・ターケス　★　一九二三年十一月二十一日生
K・H・S・フェールマン　★　一九二一年二月八日生
A・ファン・デル・ゾン　★　一九二〇年五月五日生

名前がアントンの目に押し入る。ここに父と母はいたのだ。青銅色のアルファベットに加えられ、滅びて。彼らの名前は青銅でさえない。青銅をくり抜いてあるのだ。手錠をかけられ、トラックから飛び降りた男たち。彼の母親は唯一の女性で、父親は唯一、前世紀生まれだった。これが今、彼らの残されたすべてだ。伯父と伯母が持っている数枚の古い写真の他には、ここにある彼らの名前以外、なにも残っていない。あとは彼自身のみだ。彼らの墓穴も見つかっていなかった。

州の戦争記念碑委員会で、父と母の名前がここに連ねられるべきか、議論されたかもしれない。彼らは人質ではなかったし、処刑されたわけでもなく獣のように殺された、ということに言及した委員がいたかもしれない。それに対して中央委員会から、彼らは記念碑に入れられることに値しないか、質問が出たかもしれない。州の委員会は、譲歩として、ペーターの名前は入れないことに成功したのかもしれない。彼は——好意的に見れば——武装抵抗の死者に属し、彼らには別の記念碑があるから。人質、抵抗運動家、ユダヤ人、ロマ、同性愛者は混沌を避けるため、一まとめにされるべきではない。

曳舟道はまだ残っている。水はもはや凍っていない。ベウマー夫人がまだ出窓の奥で自分のことを見ているのに気づいた彼は、同じ道を通らずに帰っていった。

4

アントンはファン・レネップのパーティーにも戻らず、いちばん早い電車でアムステルダムに戻った。帰宅すると、伯父と伯母は食事を終えたところで、まだ食卓に座っていた。電灯が点いている。伯父は少し腹を立てたように、遅くなるならなぜ電話しなかったのか、訊ねた。

「ハールレムに行ってたんだ」アントンは言った。

伯父と伯母は一瞬、見つめ合った。アントンの分も皿とナイフ・フォークが置かれている。彼は自分の席についた。指でレタスをつまみ、上を向いて口に入れた。

「卵を焼いてあげようか?」伯母が訊ねた。

彼は首を振り、レタスを飲み込み、伯父に訊いた。

「うちのそばに記念碑ができたこと、なんで教えてくれなかったの?」

ファン・リンプトはコーヒーを置いて口を拭き、彼をじっと見つめた。

「わたしは話したんだよ、アントン」

「いつ？」

「三年前だ。四九年に除幕式があった。招待状が届いて、行く気があるか訊いたが、君が嫌だと言ったんだ」

「あなたがなんて言ったか、正確に覚えているわ」ファン・リンプト夫人はサラダを皿によそって、彼の前に置いた。「記念碑なんて盗まれちまえ、って言ったのよ」

「覚えてないのか？」ファン・リンプトが訊ねた。

アントンは黙ったまま首を振った。白いテーブルクロスを見つめ、フォークでゆっくりと四本の線を引きながら、はじめてある種の、吸い込まれそうな恐怖を感じた。中に落ちた物がけっして底に達することのない暗い穴——井戸に石を投げ入れ、いつまでたっても音が聞こえてこないように。

かつて、そのようなことについてよく考えていた時期に、思ったことがあった。地面の奥にまっすぐ軸を掘っていったらどうなるだろう、と。不燃性の服を着てそこに飛び込めば、特定の、算出できる時間の後に、反対側から上に上がっていくだろう。足を先にして。だが完全に地表までは行かずに一瞬、止まった後、逆さまにまた深みに消える。何年も後に——これも算出できる——彼は無重力で漂いながら地球の中心で止まる。そこで永遠に、物事について熟考するために。

三番目のエピソード
1956年

1

優秀でも劣等でもない並みの学生として、彼は医学を学びつづけた。一九五三年、学士号取得試験の後にアポロラーンの家を出て、アムステルダムの市街地で下宿を始めたことは、彼の人生の新たな出発を意味した。プリンセン運河とケイザー運河の間の横道の、魚屋の二階にある狭くて薄暗い部屋で（向かいの家は五、六メートル先にあった）、一九四五年一月のハールレムは地平線のますます遠くに消え去った。それは男性が離婚した時のようでもあった。妻を忘れるために女性と付き合うが、新たな彼女はまだ彼と同じくらい、別れた妻に属している。その次に付き合う女性とであれば、うまくいくかもしれない。だが最も可能性が高いのは三番目の女性とだ。すでに境界線を引いた事柄にも、ずっと境界線を引きつづける必要がある。だがそれは絶望的な行為だ。世界中のすべてが互いに触れ合っているからだ。始まりはけっして消え去ることはない――たとえ終わりが来たとしても。

二ヵ月に一度ほど、一日中、片頭痛に苦しみ、暗闇で寝ていなければならないことがあった。それでも、吐くほどひどくは滅多になかった。読書家で——戦争に関する本は読まなかったが——、一度、自然を題材にした数篇の詩が〈アントン・ペーター〉というペンネームで学生誌に載ったこともあった。ピアノをたしなみ、特にシューマンを好んだ。コンサートに行くのも好きだった。一度、原因不明で気分が悪くなって以来、劇場に行くのは避けるようになった。シャロフの演出によるチェーホフの「桜の園」の見事な上演の最中だった。男がうつむいてテーブルに向かって座っている時に、外のテラスにいる女性が誰かになにかを叫ぶシーンで、突然、忌まわしくて捉えどころのないなにかに襲われたのだ。それがあまりにも激しくて、ただちに劇場を後にせざるを得なかった。人々と路面電車、車の往来にさらされると、その感覚はすぐに消えた。あまりに完璧に消え失せたので、数分後にはほんとうになにかあったのかと疑うほどだった。

毎週、スクーターに洗濯物のバッグを載せてアポロラーンに行き、たいてい食事も共にした。時が流れるにつれ、アントンは伯父の家を覆うブルジョワ的秩序を意識するようになった。すべてが統制され、なにかが壊れていたり、ペンキが剝げていたり、一時的な間に合わせだったり、安物だったりすることが一切ない。料理は大皿、ワインはカラフェに入れられ、上着を脱いだりネクタイを緩めたりすることもない。伯父か伯母が彼の部屋を訪ねると、彼らが逆のことに気づいているのが表情から読み取れた。そんな時、伯父はこう言った。自分もかつては学生だった、と。

一九五六年に博士号取得審査を受け、医師免許のためにいくつかの病院で助手として働きはじめた。その時にはすでに麻酔科医になることを決めていた。内科医や心臓専門医として私立病院で働く方が二、三倍稼げることは知っていた。だがそれでは自分のための時間がまったく取れず、そのうち自分が胃潰瘍か心臓病を患うことになりかねない。麻酔科医であれば、病院のドアを閉めれば自由の身だ。外科医もそうだが、それは肉屋にしか務まらない。いずれにしても、麻酔科医を選んだ理由はネガティブなものばかりではなかった。彼は、外科医が誰かにメスを入れる時、保たれなければならない生と死の間のデリケートなバランス、無意識下にいる気の毒で無力な患者に対するケアに、魅了されていたのだ。神秘的と言えるような推測もしていた。麻酔薬は患者を無感覚にするというよりも、痛みを訴えられなくして、術後に痛みの記憶を取り除くようにのみ作用するのではないか——患者は痛みによって変わってしまったにもかかわらず。目を覚ました患者には、いつでも苦しんだ跡が見られるではないか。だが一度、同僚たちに——ヨットの話題の最中に——この話をすると、明らかにこう言いたげな目で見られた。我々の仲間でいつづけたいならそんな考えは話さない方がいい、と。

政治問題も存在した。いつも変わらず存在しつづけていたが、彼はほとんど興味をもたなかった。国内の政治にはとりわけ興味がなく、新聞の見出しを見るだけですぐに忘れてしまった。イギリス人の同僚にオランダの政治体制について訊かれた時には、ドイツやフランスのそれと同じくらい曖昧にしか答えられなかった。新聞に関しては、毎日掲載されるクリプトグラム（ヒントが暗号からなるクロスワードパズル）に最も多くの時間を費やした。やらずにはいられず、非常に得意とした。どこかの読書コーナーに置かれた新聞に完成していないクリプトグラムを見つけると、名誉心から途中で諦めた男性か女性より先に進もうとした。たいていは途中でまちがえて、行き詰まっていた。完成すると、埋まった正方形を満足げに見つめた。ほとんどの文字が縦横の言葉で二重の機能をもち、言葉が見事な方法で組み合わされることが彼に喜びを与えた。そこには詩に通じるなにかがあった。

だが同年、一九五六年には選挙があり、彼も投票せざるを得なかった。週に一度のアポロラーンでの食事中に伯父がどの党に投票するつもりか、訊ねた。リベラル派になるだろう、と答えて、理由を問われると、友だちが皆そうするから、としか言えなかった。それは最も愚かな理由だ、と言うファン・リンプトは、数分間の講義でアントンの考えを変えてみせた。現代のリベラリズムは、人間の団結に対する根本的な悲観主義を、個人はできるかぎり自由であるべき、との見解と組み合わせている。だが人は、悲観主義者であって強要された秩序を受け容れるか、楽観主義者であって自由を望むかのいずれかである。どちらも、というのは不可能だ。社会主義の悲観主義と、アナーキズムの楽観主義を組み合わせることはできないのに、リベラリズムはそうなのだ。事はそれ故、単純明快だ、と伯父は言った。人はただ自分が楽観主義者か悲観主義者であるかを知るだけで十分。君はどちらか、と問われたアントンは一瞬、伯父の目を見て、再びうつむいて言った。「悲観主義者」

そこで彼は伯父同様、社会民主主義の政党に投票した。伯父は党の重要人物で、たいていそこから市会議員や大臣が選ばれる一団に属していた。後になってアントンは、伯父のように道理にかなった投票をする人はほとんどいないことに気づくことになる。単純に自己の利益のため、または特定の党に自分の育ちに近いものを感じて、あるいは立候補者名簿の筆頭が信頼を抱かせるから。もっと身体的で生物的な理由なのだ。よって後に、左派と右派の区別は時代遅れだ、という新政党の出現でその機会が訪れると、彼はまた少し右寄りに投票することになる。だがその時になっても内政は彼にとってはやはり重要ではなかった。飛行機事故の生存者が紙ヒコウキにもつ程度の興味しかなかった。

2

共産主義と外政については、選挙以降に考えるようになった。一九五六年の後半は新聞の愛読者にとっておとぎの国のように楽しかった。ポーランドの緊縮財政、王家のスキャンダル（ユリアナ女王が手かざし女性治療師に傾倒し国政批判を行っていると、王配ベルンハルトがドイツの『デア・シュピーゲル』誌に情報提供）、第二次中東戦争でフランスとイギリスがエジプト攻撃、ハンガリー動乱とソ連の介入、フィデル・カストロのキューバへの潜入。カリブ海で英雄的行為が繰り広げられる数週間前、アムステルダムはソ連軍のブダペスト出動に対するデモが大音響で繰り広げられ、中でもアントンの部屋のある道の角が最も激しかった。そこに立つ十八世紀の巨大な建築物〈フェリックス・メリティス〉（功績により幸せに、の意）にオランダ共産党の本部があったからだ。街中を怒り狂う群衆が練り歩き、書店から個人宅の窓ガラスまで、共産党に関わるあらゆるものを壊して回った。報道が住所を公開することで加担した。客観的な報道と並行して、あの党首の自宅はここ、あそこやここに誰々が住んでいる、昨日の被害は小規模だった、といったことも報じられ、翌日にはそこが徹底的に破壊された。破壊行為が終わると、人々はケイザー運河通りのフェリックス・メリティス前に集結した。二日間、昼夜を通して何千もの人々が建物を包囲していた。

建物は要塞と化していた。一階の窓全部に板が打ち付けられていた。上階の窓ガラスはすべて割れていた。屋根の上にはヘルメット姿の男たちが見えた。女性もたまに出てきて、男性の倍の喝采を浴びていた。建物に出入りしたければ、警察の保護下に行った方がいい。ゴム製の警棒やピストルを構えた警官たちは、群衆を運河の対岸に集めようとしていたが、彼ら自身もたえず飛んでくる石の危険にさらされていた。窓から侵入し屋根の上に立つ男たちも石を投げていた。時折、近づきすぎる集団に消火ポンプを噴きかけた。運河には警察のボートが常駐し、溺れた人を救出していた。

だがアントンはそのなににも興味がもてず、デモに参加する気などまったくなかった。それについての会話にも加わらなかった。すべてはとてもひどいことだが、それでもやはり子どもの遊びのように思えてならなかった。その上、多くの人が実はブダペストで起こっていることをとても喜んでいる、という印象だった。それが自らの共産主義に関する意見を勝ち誇ったように裏付けしているからだ。最大の気がかりは絶え間のない喧騒。彼の住む狭い道は、プリンセン運河通りに面したフェリックス・メリティスの裏側に出るために使われていた。そちらでも攻撃が行われていて、魚屋の話では火炎瓶まで使用されているそうだ。彼は途方に暮れて映画「第七の封印」を観に行き、帰宅するとマーラーの交響曲第二番を大音響でかけた。だが夜になっても暴動はおさまらなかった。翌晩は静かなアポロラーンに泊まりに行こうと決めたものの、二晩目も喧騒がつづくとは想像できず、翌日、仕事を終えると結局、自分の部屋に戻った。

薄暗くなり、多くの窓の奥にロウソクが灯っていた。半旗を掲げている家が無数に見えた。闘争の犠牲になるのを防ぐため、彼はスクーターを何本か向こうの道に停めに行き、家の前まで歩いて戻った。

混雑と興奮はおさまるどころかますますひどくなり、群集をかきわけて自分の家の玄関にたどり着くのに苦労した。そしてちょうど彼がポーチに立っている時にそれが始まった。突然、ケイザー運河の方からパトカーが連なって現れ、けたたましいサイレンと眩い光と共に群集に突っ込んできた。アクセルを踏んではブレーキをかけ、再びアクセルを踏みながら。サーベルを構えた警官を乗せた騎馬隊も登場した。サイドカー付きのオートバイが歩道に乗り上げ、ヘルメットを被った警官たちが身を乗り出し、長く黒い竿の柄で人々を叩いていた。細い道にいる人々はパニックに陥っていたが、自分でも驚いたことに、アントンは逆に一層、冷静になっていた。先ほどはたしかにある種のアジテーションを感じていたが、いま人々が叩かれ、悲鳴を上げ、踏みつけられ、血を流しながら安全な場所に逃げようとしているのを見ると、彼の心は奇妙な諦めの念に満ちた。魚屋の入り口でもある二平米もないポーチに十人ほどの人が押し寄せ、彼を玄関に押しつけた。すでに鍵を手にしていたが、彼にはわかっていた。たとえ体をドア側に向けられたとしても、ドアを開けてはならない、と。そんなことをしたら一瞬のうちに人々がなだれ込み、階段と彼の部屋が占拠されてしまう。彼らが去った後には家財道具も消えているだろう。目の前に巨漢が立って、全力で体を押しつけてきた。だがそれは思い込みで、彼もまた同じように押されているのだ。右手には大きな灰色の石を持っていて、他にどうすることもできずに肩の上に掲げている。窒息しないよう鼻を保護するために、アントンは横を向かねばならなかった。視界の隅に汚い爪と指にできたたこが見えた。

突然、全員がポーチから逃げ去った。彼の前の男が一瞬、振り返った。ずっと背中に感じていたのがどんな奴か、見るためだったのかもしれない。それから道に出て、再び振り返り、立ち尽くしていた。

「やあ、トン」男は言った。

アントンは幅の広い粗野な顔を見た。突然、彼は見てとった。

「やあ、ファーケ」

3

二人は数秒間、見つめ合っていた。ファーケは石を、アントンは鍵を手に。道の騒乱はまだつづいていたが、暴力の中心はプリンセン運河通りに移行していた。

「上がっていけよ」アントンは言った。

ファーケはためらっていた。まるですぐには群集と別れられないかのように、左右を見渡した。だが彼にもわかっていた。上がっていかずには済まされないことが。

「じゃあ、ちょっとだけ」

背後に、木の階段を上る重い足音を聞きながら、アントンは本当にファーケ・プルーフだと、にわかには信じられずにいた。ファーケも当然、その後も生きつづけ、この世に存在していたにもかかわらず、一度も彼について考えたことがなかったからだ。彼らは握手をしなかった。なにを話せばいいのだろう？　いったいなぜ、上がっていくようになどと言ってしまったのか？　部屋に入ると、彼は電灯を点け、カーテンを閉めた。

「なにか飲む?」

誕生日プレゼントにもらったグランドピアノの上にファーケが石を置いたので、アントンはぎょっとした。乱暴に置いたわけではないが、それでも漆が剝がれたと思われる音がした。

「ビールがあれば」

自分用には、前日開けた地産ワインをグラスに注いだ。ファーケは居心地悪そうに、巨大な蝶のように見えるカンバスチェアの上で姿勢を変えた。アントン自身は座面の沈んだ黒のチェスターフィールドソファに座った。

「乾杯(チアーズ)」と言った後はなにを言えばいいのかわからなかった。

ファーケはグラスをちょっと持ち上げ、一気に半分まで飲んだ。手の甲で口を拭い、本棚とその六分儀を並べた段を見た。

「学生なんだな?」

アントンが頷き、ファーケも頷いた。少し姿勢を正し、斜めの方が座りやすいか試した。

「座りづらい?」

「ひどい椅子だな」ファーケが言った。

「最新の椅子なんだがな。こっちに座れよ」

彼らは席を替わった。これでようやくアントンがよく見えるようになったかのように、ファーケは彼を見つめつづけた。

「自分がまったく変わってないって、わかってるのか?」

「よくそう聞くよ」

「すぐにわかったよ」

「俺はしばらくわからなかった」アントンは言った。「お父さんにはそれほど会ったことがなかったから」


ファーケは内ポケットから手巻きタバコの袋を出して、タバコを巻きはじめた。アントンが自分のタバコ、イエロー・ドライの箱を持ち上げて見せると、彼は首を振った。言うべきではなかったかもしれないが、真実ではある。ファーケは父親にそっくりなのだ。ただ父より若く、痩せていて、それでいて膨れた感じなだけだった。それに、度を超えた敬意を示すのが自分の役割だとはアントンには思えなかった。電話が鳴って誰かに向かって、救急なら今すぐ病院に向かうと言えればいいのに、と思った。部屋の中は冷ややかで湿っぽかった。


「ストーブを点けるよ」彼は立ち上がり、石油ストーブのダイヤルを回した。ファーケはタバコの紙を巻いて、紙の端の糊を舐めて貼り合わせ、先端から出ている余分な草を、薬指と小指にはさんだパッケージに戻した。

「専攻は?」彼が訊ねた。

「医学」

「俺は家庭用品の店で働いてる」ファーケはアントンが訊ねる前に言った。「修繕屋としてな」


アントンはストーブの前で芯に石油が十分、染み込むのを待った。

「ハールレムで？」

「ハールレム……」ファーケはアントンを気は確かか、と言いたげな目で見た。「俺たちがまだハールレムに住んでると思ってたのか？」

「俺が知るわけないじゃないか」

「戦後、すぐに立ち去らねばならなかった、と思わなかった？」

「言われてみればそうだ」アントンは言った。彼はストーブの蓋を開けて、燃えたマッチを落とした。「いま、どこに住んでるんだ？」

「デン・ヘルダー」（北ホラント州本土最北の市）

マッチは途中で消えてしまったので、彼は二本目に火を点けた。それを落とすと、振り向いた。

「石を投げるためにわざわざアムステルダムまで来たのか？」

「ああ、そうだ」ファーケは彼を見つめた。「おかしいだろ？」

アントンはストーブの蓋を閉めて座った。今、この再会を終わりにしようと率直に提案したら、ファーケもおそらく同意するだろう。だがその認識が彼にある種の頑固さを呼び起こした。容易に自分から逃れられるとファーケに思われてはならない、とでもいうように。

「お母さんはまだ生きてるのか？」彼は訊ねた。

ファーケが頷いた。

「ああ」数秒経ってから彼は言った。

その言い方はある種の自白のように聞こえた。まるでアントンが「お前のお母さんはまだ生きてるのか」と訊ねたかのように。アントンはそんなつもりで言ったわけではなかったが、ファーケの反応を見て、自分がもしかしたらやはりそんなつもりだったのかもしれない、と思った。

「なんで家庭用品店なんかで働いてるんだ？　リセウムに通ってたのに」

「半年だけだよ」

「なんでだ？」

「ほんとうに知りたいのか？」ファーケはマッチの頭で巻きタバコから出た草を押し込みながら訊いた。

「知りたくなければ訊かないよ」

「戦後、母は捕まって抑留されたんだ。俺はカトリックの寄宿学校に入れられた。司教工業学校付属の。そこに通わされたんだよ。カトリックでもないのに」

「お母さんの罪はなんだったんだ？」

「特別司法局の殿方に訊いてくれよ。おそらく、俺の父親と結婚してたっていう疑惑があったからなんじゃないか」

その口調から、アントンはファーケが何度もこう答えたことがあるのを聞き取った。なんらかの理由で、ファーケ自身が考えたことではないようにも聞こえた。

「それから？」

「九ヵ月後に釈放された。だがその時にはすでにほかの奴らが俺たちの家に住んでたんだ。俺たちには、誰も俺たちのことを知らないデン・ヘルダーに家が用意された。そこで職業学校に通った」

「なんでまたリセウムに通わなかった?」

「お前、ほんとうになんにもわかってないんだな」ファーケは臭いものを嗅いだように口を歪めて言った。「どう思う? 母は俺と妹たちを養うために家政婦として働かなきゃならなかったんだよ。知ってるだろ? 頭巾を被って買い物袋を提げて、朝六時半に外を歩いてるのを見かけるような女性だよ。袋の中にはたわしと雑巾と洗剤が入ってるんだ。自前で用意しなきゃならないから。夜、夕食前に帰ってくると、よろよろとしか歩けない。全部知りたきゃ教えてやるが、今は入院してるよ。すっかり黄色くなって、所々がこげ茶色になった右脚から水を漏らしながら。左脚は二週間前に切断された。これで満足したか? お医者さんよ」彼はグラスのビールを飲みほし、テーブルに叩きつけるように置いて、後ろにもたれた。「これがちがいなんだよ。同じクラスだったけど、お前は両親が撃ち殺されても医学部に進学した。俺の父親も殺され、俺は湯沸かし器の修繕をしてる」

「だがお前の母親は生きてる」アントンが間髪を容れずに言った。「お前の妹たちも」彼は注意深く言葉を選んだ。彼らは今、危険な領域に来ていた。「それに……」彼は慎重に言った。「お前の父親の死と俺の両親の死には、ちがいがあるんじゃないか?」

「どんなちがいだ?」ファーケが攻撃的に訊いた。

「俺の両親に罪はなかった」

「俺の父親にもなかった」

彼は一瞬もためらわずにそう言い、アントンを睨みつけた。アントンは唖然として黙った。もしかしたらファーケはそう思っているのかもしれない。ほんとうにそう確信しているのかも。

「わかった」彼は肩をすくめて言った。「わかった。俺も皆が話していたことしか知らないから。だが……」

「そのとおりだ」

「だが、お前が俺たちのちがいをある種の社会的不公平さと見るなら、俺にはその石の意味がわからない」彼はまるで不快な屈辱のようにグランドピアノの上に横たわる石の方を、頭で示した。

「だったら逆に共産主義者たるべきじゃないのか」

ファーケは返事をする前にグラスを手に取り、最後の数滴を喉に流しこんだ。

「共産主義は……」彼は静かだが、激怒を秘めた声で言った。「すべての中で最悪なものだ。今のブダペストを見ればわかる。国民全体の自由への欲求が血に浸して消されている」

「ファーケ」アントンは苛立ちを隠せずに言った。「俺も共産主義者ではないが、だからといって新聞の見出しを暗記する必要もないだろう」

「ああ、医者の先生なら当然、自分の言葉でうまく喋れるだろうよ。悪いな、俺はそんなに頭がよくなくて。人々は今、あそこで死ぬまで闘ってるんだ。この方がましか？　政治将校たちが今、ハンガリーでなにをしてると思う？　大量殺戮（さつりく）が行われてるんだ。そうは思ってない？　ヘット・パロール（新聞）は読んだ？　モンゴル兵たちが今どんな残虐行為を行っているか」

「モンゴル兵たち？」アントンは繰り返した。「なにが言いたいんだ？　ファーケ。モンゴル人を毒ガスで殺す時が来たのか？」

「ちがうよ、馬鹿が」ファーケの目を見ると、アントンは自分が発言に注意しなくてはならないのを感じた。「お前がどこに話を持っていこうとしているのかはわからんが、これだけは言える。少なくとも、共産主義者に関しては俺の親父が正しかった、と。今、言われてることはすべて、親父がいつも言ってたことだ。親父を殺したのが同じ共産主義者のクズどもだったのは、偶然じゃない。今、馬鹿頭にヘルメットを被って軒どいの上を歩いてるのは、同じクズどもなんだよ。いや、お前はあいつらを弁護したいんだろうが、考えてみろ！　あいつらは報復があるのを知ってたくせに、親父をお前の家の前で撃ち殺したんだ。どうでもよかったから。そうでなきゃ、遺体を隠したはずだ。戦争の終結はそれによって一秒たりとも早まらなかった」

ファーケは立ち上がってグラスを手に、アントンが空のビール瓶を置いたガス台の載る小テーブルに近づいた。その瞬間、まだストーブに火が点いていないことに気づいて、アントンも立ち上がった。新聞紙を細長くちぎって燃やし、黒光りする石油の層に落とした。それから自分にもう一杯ワインを注いだ。ファーケが立ちつづけているので、彼もそうした。外からは再び叫び声とサイレンの音が聞こえてきた。

「俺の家族は……」空いた手を首に置いてアントンは言った。「共産主義者たちに殺されたんじゃない。お前の父親の仲間に殺されたんだ」

「そして共産主義者たちはそうなることを知っていた」

「だから共産主義者たちのせいだと言うのか？」

「そういうことだ。それ以外の誰のせいなんだ？」

「ファーケ」アントンは言った。「お前が父親を弁護したい気持ちはわかる。お前の父親だったんだから。だがお前の父親が俺の父親だったとして、すべてが逆だったとしたら、それでもお前は弁護しただろうか？　率直に話そうじゃないか。共産主義者たちはお前の父親に的を絞って殺した。そうせざるを得ない、と彼らが考えたからだ。だが俺の家族はお前の父親も属していたファシストたちに、たまたま殺されたんだよ。そうだっただろう？」

ファーケは九十度向きを変えて、アントンに背を向けたままちょっと背を屈め、身動きせずに立っていた。

「お前が言いたいのは、自分の家族が殺されたのは俺の父親のせいだった、ということなのか？」

アントンは今、一言も言い損じてはならないと理解した。マントルピースの上には装飾をほどこした額に入った鏡が掛けられていた。部屋が少しでも大きく見えるように、蚤の市で十ギルダーで買ったものだ。変色した鏡の中に、ファーケが目を閉じている姿が映っていた。

「なぜ……」アントンは訊ねた。「起こった事柄を言い繕うことなく、父親を愛せない？　聖人を愛するのは難しくない。動物を愛するようなものだ。なぜ、親父は完全にまちがっていたが、それでも父親には変わりない、だから俺は親父が好きだ、と言えないんだ？」

「だから親父はまちがってなかったって言ってるんじゃないか！　少なくとも今、お前が言ってるようには」

アントンはファーケの背中に向けて言った。「だがもし今、お前の父親がひどいことをしたと確かに知っていたとしたら――どんなことでもいいよ、自分で考えろ――、そしたらお前は父親のことを愛せなかったのか？」

　ファーケは振り向いて一瞬、アントンを見つめ、部屋の中をうろうろと歩きはじめた。

「まちがい……まちがい……」しばらくして彼は言った。「ああ、今はそう呼ばれてるよ。だが今では共産主義について、親父が考えていたのと同じように考えられている。外の音を聞けよ。東方戦線とのちがいはなんなんだ？　そしてユダヤ人たちがどんな目に遭っていたかは、親父はまったく知らなかった。一度も聞いたことがなかったんだ。ドイツ人がユダヤ人にしていたことで、親父を咎(とが)めることはできんだろう？　親父はただ警察で働いていて、教えられたとおり、自分の義務を果たしてただけなんだ。戦前にも誰かを家から連行することはあったし、その時にもそれからどうなるかは知らなかった。もちろんファシストではあったが、信念をもった良いファシストだった。オランダは変わらなければならない、労働者が射殺されたコレイン政権のように二度となってはならない、と（失業手当切り下げ反対の暴動で五人の死者が出た）。親父は、ほとんどのオランダ人のように同調行動してたわけじゃないんだ。ヒトラーが戦争に勝ってたとしたら、今でも奴に反対しているオランダ人がどれほどいたと思う？　笑わせんなよ。奴が負けはじめてから、突然みんな抵抗運動を始めたんだ。腰抜けどもが」

　石油が入りすぎたストーブは鈍いリズミカルな音を立てはじめた。ファーケは専門家の視線をちらりと向けて言った。「じきに壊れるぞ」だがそちらに気を取られることなく、話をつづけた。グラスを両手で持ち、窓台に座るとこう訊ねた。

「親父がＮＳＢの党員になったのはいつだったか、知ってるか？　四四年の九月、〈狂った火曜日〉

（連合軍によるオランダの解放が始まったという誤報を亡命政府がラジオで発表。ロッテルダムなどで市民が街に出、歌い踊った）の後だ。敗戦が明らかになり、偽物のファシストたちがドイツに逃げたか、あるいは突然、これまでも抵抗運動をしていたことにした時。親父はその時、行動で示さねばならない、と思ったんだ。お袋がよく俺たちにそう話していた。その信念のために、あいつらは親父を撃ち殺したんだ。それ以外のなんのためでもなかった。それによってお前の家族も命を奪われた。あいつらが親父を殺さなければ、お前の両親もまだ生きてたんだよ。親父は数年、刑務所に入れられたかもしれないが、もうずっと前からまたふつうに警察で働いていたはずだ」

彼は立ち上がり、グランドピアノの前まで行って、中音域の鍵盤をいくつか叩いた。ピアノの音がストーブの出す音と重なり、ストラヴィンスキーを思わせた。ファーケの一言一言が彼の頭痛をひどくした。人はどうすればこれほどまでに虚偽の中で生きられるのだろう？　愛がそうさせるのだ。呆れるほどの愛が。

「お前の話を聞いてると……」アントンは言った。「まるでお前の親父の名前も記念碑に刻まれるべきだと思ってるみたいだな」

「なんの記念碑だ？」

「うちの家があった道にある」

「記念碑が立てられたのか？」

「俺も後から知ったんだ。俺の両親の名前と、二十九人の人質の名前が刻まれてる。そこに〈ファーケ・プルーフ〉と連ねるべきだったか？」

ファーケは彼を見つめ、なにか言おうとしたが、突然、すすり泣きはじめた。すすり泣きはまるで本当は誰か他の人のもので、そのためだけに彼を使っているように彼の口から出てきた。

「畜生……」その言葉はアントンが言ったことに対するものなのか、自分がすすり泣いているという事実に対するものなのか、定かでなかった。「お前の家に火が点けられた時、俺たちは親父の死を知らされたんだ。そのことを考えてみたことはあるか？　俺はお前に起こったことについて考えたよ。だがお前は俺のことを考えたか？」

彼は半分振り返り、また後ろを向いて、途方に暮れて目をさすった。それから突然、石を掴んで見回し、腕で顔を庇おうとしているアントンを見た。

「ファーケ！」アントンは叫んだ。

ファーケは鏡に石を投げた。アントンはその場にうずくまった。半分顔を逸らしながら、鏡のガラスが粉々に壊れるのを見た。今はちょっとゆっくり爆ぜているストーブの鉄の蓋の上に、破片が落ちた。石はマントルピースの上にどさりと落ち、そこにとどまった。まだドキドキしながら残骸を見ているうちに、ファーケが駆け足で階段を下りる音が聞こえてきた。

最後の破片が額から滑り落ち、音を立てて粉々に砕けた。そのすぐ後に、鈍い音と共にストーブの蓋が五センチほど飛び上がり、煤が出てきた。アントンは両手を首に置き、指を絡み合わせて深く息を吸った。今にも笑い出しそうだった。壊れた鏡、爆発するストーブ、外の叫び声――だが笑い出すには頭痛がひどすぎた。すべてはなんと無意味なことか！　煤が部屋中に広がった。なにもかも、きれいに片づけるには何時間もかかるのがわかっていた。

その時、ファーケが再び階段を上がってくる音がした。そういえば、玄関のドアが閉まる音がしていなかったことにようやく気づいた。彼は無意識に、身を護れるなにかを探し、テニスのラケットを摑んだ。ファーケがドアのところに現れて、崩壊した部屋をちらりと見た。

「言っておきたかったことがある」彼は言った。「あの時の教室でのことを、俺はけっして忘れない、と」

「教室でのなにを？」

「お前が教室に入ってきたことだよ。俺がユニフォーム姿で座ってた時に」

「ああ、たしかに」アントンは言った。「あったな、そんなことが」

ファーケがためらっていた。ほんとうはアントンと握手をしたかったのかもしれないが、ちょっと手を挙げただけで、再び階段を下りていった。今度こそドアが閉まる音がした。

アントンは自分の周りを見回した。油ぎったヴェールがすべてを覆いはじめていた。本と六分儀への被害が最もひどかった。幸い、グランドピアノの屋根は閉じてあった。まず片づけなければならない。頭痛であろうがなかろうが。彼はカーテンを引いて、窓を大きく開けた。喧騒が押し入ってくる中、ガラスの破片を見た。裏側は鈍い黒色だった。

額には尖った部分がいくつか残っているだけで、後はただのこげ茶色の板だった。かつては新聞紙が貼られていたが、のちに大部分が剝がされていた。果物の皿をもち、切れ込みのある葉を飾りにつけた二体の金色のプットは、これまでどおり天使のように彼を見下ろしていた。まずは石を始末しなければならない。目立たぬように窓から投げ捨ててもかまわない。葦のマットに足を取られないよう気をつけて、彼はマントルピースの前に行った。石を手に、板に貼りついた新聞の切れ端の、イタリア語で書かれた文を読んだ。「一八五四年七月二日。救済の聖母マリアの由緒ある教会で、神聖で敬虔な儀式において厳粛に……」

こんなことにならなければ、知る由もないことだった。

四番目のエピソード

1966年

1

恋愛に関しても、彼はなりゆき任せだった。二ヵ月に一度ほど、つきあう女性が変わった。彼女たちが沈んだソファに——たいていは膝を抱えて——座るたびに、彼はあらためて六分儀のはたらきを説明しなければならなかった。だが面倒に思うことは一度もなかった。小さな望遠鏡、動鏡、水平鏡、アークが付いていて、自らの形の中に夜の地球と星々を保っている——アントンはこの見事な銅製の器具に魅了されていた。たいてい彼女たちは理解しなかったが、彼が愛情をもって説明していることだけは明らかだった。そしてそれは彼女たちへの愛でもあった。時には数週間、ソファに座る女性がいないこともあったが、たいして気にもならなかった。女性を求めてバーに出かけるのは彼のスタイルではなかった。

一九五九年に国家資格を取得し、麻酔科医助手の地位を得ると、ライツェ広場付近の広くて日当たりのいいアパートを借りた。毎朝、彼は数百メートル歩いて、戦時中は一時的にウェスターハストハウスと呼ばれていたウィルヘルミナ病院へ向かった。拡張された敷地内はいつも救急車、訪問客、ストライプのパジャマにコートを羽織って歩いてみている患者たちで混雑していた。医師たちは白衣のボタンをはずして建物間を移動した。アントンは頭を少しかしげ、髪を後ろにはらいながら、足を少し引きずるように歩いた。時折、その姿を自転車で通り過ぎながらやさしく見つめる看護師がいて、彼のソファに座ることになる。たまに、かつてドイツ語で〈病院〉と書かれていた棟を通ることもあったが、瀕死の状態、あるいはすでに亡くなって運び込まれたシュルツについて考えることは、時とともに少なくなっていった。

　最初の妻と出会ったのは一九六〇年、ロンドンでのクリスマス休暇中のことだった。昼間は街を散策した。リージェント・ストリートで服を買い、大英博物館の裏の、ナビゲーション計器を売る何軒かの骨董品店を訪ねた。夜はたいていコンサートに行った。当時はまだ山高帽を被り、巻いてたたんだ傘を持った紳士がたくさんいた。昼食に訪れるパブも、コート掛けは山高帽や傘でいっぱいで、ほほ笑ましい光景だった。一度、雨の日の午後、権力の中枢の巨大な建物群を抜け、ホワイトホールをぶらぶらと歩いてきた時——近衛騎兵たちは求愛中のニワトリのような不可解なダンスを披露していた——、まだ見学したことのないウェストミンスター寺院に入ってみることにした。

　寺院内は外国人観光客と地方からの行楽客でいっぱいだった。彼はガイドブックを買った。表紙は、他の国では見かけないがイギリスには溢れている紫がかった赤色をしていた。身廊の聖歌隊席の入り口までに、すでに六世紀間の百七十人の著名人の墓が地図に示されている。彼はガイドブックを閉じることにした。床、壁、そして柱にも彫像と碑文があった。礼拝堂にはまるで二流の家具オークションの下見の日のように、彫像と墓石が雑然と並んでいた。聖歌隊席の狭い通路には死者が連なって埋葬されている。時折、担架に寝かされた患者たちが手術室前の廊下に連なっているように。だがここでは大理石の下の石棺の中に、恒久的な麻酔で横たわっているのだ。〈最後の審判〉の日に彼らが皆、墓から蘇り、互いに知り合ったとしたらどうなるだろう、と彼は想像してみた。何百人もの英雄や貴族、芸術家たち――イギリスで最も粋な人たちの集まりになる。

王族は礼拝堂の主祭壇の後ろに埋葬されている。王たち、女王たちが混み合う中、けっしてここに埋葬されることはない人々が足を引きずるように歩いていて、〈戴冠式の椅子〉のところで渋滞していた。彼自身も、十四世紀初期からほとんどすべての王侯が戴冠されてきたこの王座に惹かれた。年季の入ったオーク材にシンプルな装飾がほどこされ、背もたれに多くのイニシャルが刻まれている。いつの世紀にか刻まれたものを、歴史を真に大切にする気持ちでずっと消さずにいるのだ。木の座面の下に大きな石――〈スクーンの石〉が置かれている。アントンは再びガイドブックを開いた。聖ヤコブが枕にした石といういわれがあり、紀元前七世紀にエジプト、スペインを経てアイルランドに運ばれたとされる。千五百年後にスコットランドに、そして最終的にはイングランドに持ちこまれた。それが今この瞬間ここで見られる、というわけだ。王たちを巡るほんとうの真実がシェークスピア劇にのみ存在しているように、石についての伝説はふさわしく、正しいもののように彼は感じた。アイルランドの王位を求める者が実際に王家の血を引いている時のみ、その者が戴冠される際、石が呻く、それ以外の時にはそうはならない――そう読んだアントンは吹き出し、オランダ語で声に出して言った。「なるほど!」すると、横に立っていた若い女性が訊いた。「なにがなるほどなの？」

彼は彼女を見つめた。その瞬間、すでにすべてが定められていた。

彼女の視線、目の奥の力、そして彼女の豊かで動きのある赤毛の髪が決め手だった。サスキア・デ・フラーフという名前で、ＫＬＭの客室乗務員をしていた。〈詩人のコーナー〉の見学後、彼は彼女を送って行った。彼女はセントジェームズ地区にあるクラブに父親を迎えに行くところだった。毎年、クリスマスに、戦時中の旧友たちに会いにロンドンに来ているのだ。二人が建物の前に着き、アムステルダムで会う約束をしていると、将官が階段を下りてきて、軍の運転手の待つ車に乗り込んだ。

一週間後、ハーグのホテル・デサンデスのラウンジではじめてデ・フラーフに会うと、慎重にアントンの家族について訊ねてきた。父親はハールレムの裁判所で書記をしていたが、両親共にずっと以前に亡くなった、と彼は答えた。半年経ってようやく、彼は自分の歴史を話した。義理の父となるデ・フラーフが大使を務める、蒸し暑い午後のアテネでのことだった。アントンの話を聞いた後、彼は黙って部屋の陰から眩しくかぐわしい庭を見つめていた。庭はコオロギの鳴き声に満ち、水音を立てる小さな噴水があった。サスキアと母親の座るテラスでは、白い上着を着たウェイターが氷の音を鳴らしていた。糸杉と松の木の間のはるか向こうにアクロポリスが見えていた。数分後、彼が口にしたのはこのことだけだった。「この世界では、良い事柄にも必ずや悪い面が含まれている。だがそれ以外にもまた別の面もあるのだ」

彼自身は戦時中、複数の抵抗運動組織を統括する機関に属していた。その任務のためにロンドンのオランダ亡命政府と直に繋がっていた。彼もまた、当時のことを多くは語ろうとしなかった。アントンが知っていることはサスキアから聞いたことだったが、サスキアにも詳しいことはわからなかった。だがアントンには完全に知る必要はなかった。議会の調査委員会での尋問を読むことはできたかもしれないが、彼はそうはしなかった。

出会いから一年後、彼らは結婚した。アントンの伯父は参列することができなかった。くだらない交通事故が伯父の命を奪ったからだ。結婚後まもなく、アントンは常勤の医師となった。デ・フラーフの財政援助を受けて、彼らはコンセルトヘボウ裏の地区にある、上下二軒の住宅の下の階を買った。

2

一九六六年六月初めの猛暑の日に、サスキアが父親の友人——彼女自身も戦時中から知る著名なジャーナリストで詩人のシュールト——の葬儀に参列することになった。彼女はアントンにいっしょに来るか、訊ねた。病院の休みが一日取れることになると、今度はアントンの方がサンドラも連れて行こう、と言い出した。四歳になる彼らの娘のことだ。

「連れてかなきゃいけない？ トン」サスキアが言った。「子どもに死はよくないんじゃない？」

「それ以上、馬鹿げたアフォリズムを聞くことはほぼないね」彼は言った。

その発言はアントンの意図以上にとげとげしく聞こえた。彼は妻に謝り、キスをした。葬儀の後に海に行くことにした。

二十世紀とほぼ同年齢の義理の父は退職したところで、ヘルダーラント州の邸宅に住んでいた。車で来る父親にサスキアは電話をかけ、自分たちを迎えに来てくれないか、うちでコーヒーを飲んでから行こう、と提案した。だが彼は典型的な田舎の人の反応を示した。アムステルダムには行かない、みすみすプロヴォ（一九六〇、七〇年代の過激派）の集団に襲われに行くようなものだから、と。笑いながら言ったが、実際、迎えには来なかった。人生でもっと大きな挑戦をしてきたにもかかわらず。

葬儀はアムステルダムの北にある村で執り行われた。彼らは村の入り口に車を停めて、黒い服に汗をかきながら小さな教会に歩いて行った。白い服を着せられたサンドラは、日差しを苦にしなかった。村の広場は、互いに知り合いの年老いた男性と女性で埋めつくされていた。全員が陰気に悲しむことなく、むしろ笑いながら、時には大げさに抱き合って挨拶をしていた。写真家も大勢来ていた。大きな黒のキャデラックから大臣が降りた。アムステルダムでの暴動のニュースで最近よく見かける大臣だ。彼も頬へのキスと肩を叩く挨拶を受けた。

「ここにいるのはみんな、ドイツと戦った人たちなんだよ」アントンは娘に言った。

「戦争の時ね」彼女はすべて知っているという顔で言い、毅然とした態度で手にしていた人形の頭をまっすぐに立てた。

アントンは胸に絶え間のない興奮を感じながら、全員をじっくりと見た。知っている人は誰もいなかった。サスキアだけが、もはや誰なのか覚えていない人たち数人に挨拶をした。すでにオルガン演奏が始まっている殺風景なプロテスタント教会の最後部席に、彼らは座った。棺桶が運びこまれると、全員が起立した。アントンは、おじさんはあの中に入っているの？　と小声で訊ねるサンドラの肩に腕をまわした。未亡人はデ・フラーフの腕に摑まって歩いてきた。当然、悲痛な表情ではあるが、きちんと前を向いて参列者を見つめ、時には頷いたり、かすかにほほ笑んだりしていた。

「おじいちゃん！」突然、サンドラが大声で言った。

彼は一瞬、振り向いて、サンドラにウィンクしてみせた。二人は最前列の大臣の隣りに座った。アントンはアムステルダム市長も来ていることに気づいた。弔辞は何年も強制収容所に入れられていた有名な牧師が述べた。声を伸ばす話し方があまりに荘厳で、サンドラは笑い、父を見上げた。吃音（きつおん）を克服するために小石を口にたくさん入れて弁論の練習をしたデモステネスのように、彼も言語障害によって話術の才能が開花したようだった。半分、聞き流しながら、アントンは通路の反対側の数列前に座る女性の横顔に気を惹かれた。なぜかわからないが、彼は先端を草地に突き刺したサーベルを思い浮かべていた。彼女の顔にはそんな強さがあるのだ。四十五歳くらいだろう。濃い色の、少し裾の広がった髪は所々白髪になりはじめていた。

アントンたち三人は教会裏の墓地に向かう列の最後尾に並んだ。道路と砂利道を通る短時間に、人々は再びおしゃべりに花を咲かせた。あちこちで手を振り合い、さっと前や後ろに歩いて行く者もいた。葬儀というより同窓会のようだった。

「みんな、家に戻ってきたみたい」サスキアが言った。

「みんながいまここにいるとあいつらに知られないといいね」

「〈あいつら〉って？」

「ドイツ人だよ、もちろん」

「馬鹿なこと言わないでよ」

写真家たちはまた有名人を撮ろうとし、道の向こうからは村人たちが見つめていた。ほとんどの人ははじめて、自分たちの村に誰が住んでいたのか知ったようだった。オートバイの若者たちは行進を冷ややかな表情で見ていたが、エンジンは止めていた。参列の男性たち、女性たち――中には足を引きずる者もいた――から、若者たちをおとなしくさせるなにかが発せられているようだ。

「パパ」

「なんだい?」

「戦争ってなあに?」

「大きなケンカだよ。二つのグループに分かれた人たちが、相手の首を斬りたい時にそうなるんだ」

「そこまで言わなくてもいいんじゃない?」サスキアが言った。

「そうかな?」アントンは笑って言った。

墓地では、すでに墓の周りに人だかりができていて、ステーンワイク家の三人にはなにも見えなかった。サンドラがぐずりはじめたので、サスキアは彼女の手を取って辺りを少し歩いた。サスキアが碑文を読んで、サンドラに説明している声がアントンには聞こえた。時折、彼は灼熱の太陽に顔を向けた。服が汗で体に貼りついているのは無視した。自分の前の数列から聞こえてきたひそひそ話は、未亡人自身がスピーチを始めてようやくおさまったが、スピーチは夏の日の空間に消え去り、彼の耳には届かなかった。上空を飛び交う鳥たちは、広々とした干拓地で、彼ら人間が土の中の小さな暗い穴の周りに集まっているのを見ているだろう。まるで天を見つめる大きな目のような穴の周りに。

牧師館で、列の最後尾に並んでようやく未亡人にお悔やみを述べる機会を得た後、彼らはエンジンをかける車の合間を縫って、道の向かいのカフェに行った。外に出されたいくつかのテーブルはすでに村人たちに陣取られ、店内も大混雑していた。カウンターに人が群がり、テーブルが引っ付けて並べられた。人々はネクタイを緩め、ジャケットも脱ぎ、ビールやコーヒー、アウツマイターー（ハムやチーズ、目玉焼きを載せたホットトースト）を大声で注文した。ジュークボックスからはフランク・シナトラの〈夜のストレンジャー〉が聴こえていた。大臣もすでにカフェ内にいた。市長と会話中で、葉巻箱の裏になにか走り書きしていた。有名な作家たちもいたし、悪名高きプロヴォのリーダーまでいた。サスキアがどこか別のカフェに行こう、と提案した時、父親が入ってきた。全部で七人くらいの人たちと共に——アントンが顔を知る人物も数人いた——、彼は店の奥の大きなテーブルに向かった。予約していたのかもしれない。妻は未亡人とその家族と共に故人の家に行ったようだ。娘とアントンの姿を見つけると、いっしょに来るよう合図をした。

テーブル席でのデ・フラーフは注目の的だった。すぐに三つの会話が同時に始まった。自分の加わる会話の中で、彼は弁護する立場だったが、それで機嫌が損なわれることはなかった。自らが中心人物であることを知っている人の特徴だ。金髪の前髪と、もっと明るい色の眉毛をした男が前屈みになって、とうとう老いぼれ爺さんになってきたな、と彼に言った。ベトナムの解放戦線をナチスと比較するとは、どういう発想なのだ？　ただ単に、アメリカ人は当時のままだと思っているからではないか。だが今やアメリカ人は変わってしまい、ナチスと比較されなければならないのは彼らの方なのだ。デ・フラーフは笑いながら後ろにもたれ、腕を伸ばし、両手でテーブルの端を摑んでいた。彼の両隣りの男性たちも彼に合わせて後ろにもたれていた。薄くなった白髪と上品な顔つきで、デ・フラーフはまるで監査役会の会長のように見えた。

「実直なヤープよ」彼は諭すように言いはじめたが、ヤープがすぐに遮った。

「いや、アメリカ人が俺たちを解放したのを俺が忘れている、と言うのはやめてくれよ」

「全然そんなつもりはないよ」

「そうだろうか。とにかく俺はなにも忘れてない。忘れてるのはそっちの方だ」

「ほう、なにを忘れてるんだろうか？」デ・フラーフは皮肉っぽく言った。

「ロシア人だって俺たちのことを解放したっていうことだよ。たとえここではロシア人を見なかったにしても。奴らはドイツ軍を打ち負かしたんだ。そしてそれは、ベトナムでいまだに正しい方に付いているロシア人だ、ということだ」

デ・フラーフの右隣りに座っていた男が、どこか冷たい調子で言った。

「こういった会話は他の奴らに任せようじゃないか」

「そのとおりだろう！」ヤープが言った。「ロシア人は非スターリン化されたが、アメリカ人は集団殺戮を行ってるんだ」

右隣りの男は黒い口ひげの下に形式的なほほ笑みを浮かべた。その表情から、彼もヤープと同意見かもしれないが、ヤープは勝ち目のない戦いに挑んでいる、と思っていることが滲み出ていた。

「どいつもこいつも汚い共産主義者だ」デ・フラーフは満足げにアントンの方を向いて言った。

「立派な奴らだが」

アントンはほほ笑み返した。この会話もゲームのうちで、これまでに何度もやったことがあるのが明らかだった。

「はい、はい」ヤープは言った。「立派な奴らだね。だがな、ヘリット、お前は四四年からはもはやまったくドイツ野郎とではなく、その立派な奴らとだけ戦ってたんだ」

アントンは義理の父がヘリットではなく、ホットフリート・レオポルド・ジェロームという名であるのを知っていた。仲間の間ではいまだに違法行為をしていた時の暗号名で呼び合っているのだ。ヤープも当然、本名ではないというわけだ。

「ああ、ドイツ野郎が打ち負かされたんだから、そうなるだろう?」彼は無邪気にヤープを見つめた。「一つの暴虐が終わった後に、別の暴虐を受け入れるわけにはいかんではないか」その顔からはゆっくりと、ほほ笑みが薄れていった。

「馬鹿が」ヤープが言った。

「お前は俺たちに感謝した方がいいんだ。四五年にお前の思いどおりになっていたら、お前は今のように党から追放されず、壁に並ばされて射殺されてたはずだ。お前の地位ならまちがいない。スラーンスキーのようにな。俺はスラーンスキーが処刑された時、プラハにいたんだ。お前がまだ生きてるのは〈軍事指揮〉(ロンドンの亡命政府の代行として、オランダの解放された地域を政府に返上するまで司っていた組織)のおかげなんだよ」ヤープが黙っていると、こうつづけた。「いつだって、歴史の堆肥の山のサッカークラブの会長である方が、死者であるよりはマシだ。そう思わんか?」

デ・フラーフの反対側に座る巨体の男——斜視がどことなく悪魔的に見える著名な詩人——が腕

を組み、笑いはじめた。

「これはすばらしい会話になりそうだな」

「そうだね」ヤープが肩をすくめて言った。「俺を打ち負かすのは奴には朝飯前なんだよ」

「お前、シュールトの詩を知ってるか？」デ・フラーフが訊ね、人差し指を高く掲げて朗誦した。

暴君に屈服する民は
肉体と物以上のものを失う
すると光は消える

「詩はなんにでも使えるが……」口ひげの男が言った。「いまや村々を攻撃するナパーム弾を弁護するのにも使われる。まあ、それはアジアのことにすぎないが。ところで、お前はインドネシアの件でも変な役割を果たしてたな（抵抗運動に携わっていたのにインドネシア独立には反対だったことを指している）。『東インドを失えば（フェローレン）、災難が生まれる（ヘボーレン）』という標語どおりに。ひどい韻詩だと思うが、詩人の意見はどうだろう」

「どうってことのないフレーズだよ」詩人は言った。

「だそうだ。同じ警察行動が同じシュールトの人生の数年を奪ったんだ（独立推進派であることで社会的制裁を受けた）。オランダでは東インドを失ってから、これまでなかったほどうまくいっていたのに、だ」

「マーシャル・プランのおかげでな、ヘンクよ」デ・フラーフが感傷的に言った。「アメリカの援助だ。覚えてるか？」

「あいつらは俺たちに借りがあったんだから、俺たちがペコペコする必要はないんだ。アメリカの独立戦争はアムステルダムの銀行家の融資で行われた。あれはつまりイギリスの植民地の反乱だったんだ、ヘリットよ。マーシャル・プランの援助金をオランダは最後の一セントまで返済するんだよ。十八世紀の我々からの援助が一セントでも戻ってきたかどうかは疑わしいが」

「調べてみることだな」デ・フラーフが言った。

「俺は共産主義者でもない。反ファシストだ。だが共産主義がファシズムの最大の敵であるから、俺は反・反共産主義ということになる。それは確かだ」

「こいつが何故、抵抗運動をしていたか、知ってるか?」ヤープががばりと身を乗り出しながら突然、訊いた。「こいつが誰のためにやっていたか？　王女たちのためだったんだ……」彼はその言葉を今にも吐きそうな抑揚で言った。

「もちろんだとも」デ・フラーフは再び、自己満足したような作り笑いを浮かべた。

「お前は陳腐な愛国者のファシスト以外の何者でもないんだ」

「外に行ってくる」サスキアが立ち上がった。「聞いてるの、嫌だから。じゃあ後でね」

デ・フラーフが「これはこれは、名誉称号だ!」と叫んだ時、アントンも一瞬立ち上がった。人混みの中に、教会で座っているのを見た女性の姿が一瞬、見えた。義理の父は声を出して笑っていた。ようやく自分が最も心地よいと感じる状況になったようだ。

「君たちは君主制の密かな魅力についてなにも知らんだろう!」彼は楽しげに叫んだ。「夜のストダイク宮殿よりも美しく、精神を高めるものがあるだろうか？　すべての窓が明かりに照らされ、黒いリムジンが往来し、芝生を越えて命令が響き渡る。盛大なパーティー用の制服を着て輝くサーベルを身につけた紳士たち、きらめく宝石をまとった長いドレスの婦人たちがポーチに向かって階段を上がる。ハンサムな海軍の若い将校たちに迎えられる。中ではシャンデリアが輝き、給仕たちがシャンペンの入ったクリスタルのグラスでいっぱいの銀の盆を手にしている。時には王家の誰かの姿がちらりと見えるかもしれない。うまくいけば女王自身さえも！　そして遠くの、垣根の向こうの霧雨(きりさめ)の中では、王立保安隊の監視の下、冴えない国民たちが……」

「お前、本気で言ってるだろう？　くそったれめが！」すばらしい会話になりそうだと言ったはずの詩人が突然、言った。「なんてこった！　俺がお前みたいなクズ野郎だったら、もう一文字も詩は書けなくなる！」彼の口から少し唾が飛び散り、デ・フラーフの濃紺の上着の折り返しに付いた。ボタン穴に差した高位の勲章のそばだ。

「その方が我が国の文学のためだ、と高名な批評家たちが言うだろうよ」デ・フラーフは言った。

「言い負かされてどうする」ヘンクが激怒する詩人に言った。

デ・フラーフは胸ポケットのハンカチを取り出して、白い泡を拭った。灰色のネクタイは結び目がほぼまっすぐに突き出し、美しいカーブでカーディガンの中に消えていた。ヤープも笑っていた。詩人の反対側に座る名の知れた出版者が両手を力強くこすり合わせ、意気揚々と言った。

「激しい午後だね！」

「灰色の国民たちは……」ヘンクが言った。「先日、アムステルダムでお前の王家一族にかなりの数の発煙弾を投げてたじゃないか」

向かって言った。

「そのせいでお前が辞任することになるだろう」ヘンクがつづけて、アントンの後ろに立つ誰かに
　アントンは振り向き、ずっと首元に感じていた熱が、権力をもつカルヴァン主義者の大臣の尻か
ら発せられていたのを見てとった。しばらく会話を聞いていたようだ。

「それはありうるね」彼は言った。

「そうなったらどうする？」

「そうなったらもう一杯、酒を飲むよ」

　彼はジュネヴァの入ったグラスを掲げ、デ・フラーフと視線を交わして後ろを向いた。

　突然、テーブル全体が一瞬、静かになった。アントンの左側に座っている二人の男だけが、ずっ
とそうしていたように小声で話しこんでいた。

　その瞬間、アントンはこの言葉を耳にはさんだ。

「まず背中に向けて撃って、それから自転車で通り過ぎながら肩に一発、腹に一発、撃った」

「発煙弾……」デ・フラーフは深い軽蔑を込めて言った。

3

はるか彼方の過去のトンネルの中で、六発の銃声が鳴り響いた。最初に一発、それから二発、それからまた二発、最後に一発。父親を見る母親、間仕切りを見る父親、アセチレンランプのマントルを持ち上げるペーター……

アントンはずっと隣りに座っていた男の方を向き、自分で気づくより早くこう訊ねていた。

「その後に四発目と五発目が続きましたか？　そしてその後には六発目が？」

男が目を細めて彼を見つめた。

「なにを知ってる？」

「プルーフのことですか？　ハールレムのファーケ・プルーフ？」

数秒経ってから、男がゆっくりとこう訊ねた。

「誰だ？　君は何歳なんだ？」

「そこに住んでたんです。ぼくたちの家の前で起こったことです。いやつまり……」

「君の家の……」彼は言葉を失った。

彼はただちに理解していた。顔色がこれほど早く消え失せるのを、アントンは自分の隣りの男の顔に見るまで、手術台の上でしか見たことがなかった。男は斑点だらけで赤らみ、膨らんだ、酒を飲みすぎる人間の顔をしていた。それがまるで照明が変わったかのように、数秒で蒼白で薄汚れた古い象牙のような色になった。

「おやおや」二席向こうに座っていた男が言った。「困ったことになったたな」

テーブルを囲む全員がすぐになにかまずいことが起きたことに気がついた。一瞬、ますます静かになった。そのすぐ後に混乱が生じ、皆が口々に話しはじめた。立ち上がる者もいた。デ・フラーフはアントンが自分の娘婿であると叫び、両者の間に入ろうとした。だが男は自分で解決する、と言って、アントンにまるで決着をつけようとするかのように言った。

「外に出よう」

彼は上着を背もたれから取り、アントンの手を握って、子どもにするように人混みの中を手を引いて歩いた。アントンもそう感じていた。自分を連れて行く二十歳は年上の男の温かな手。伯父が手を繋いできた時には感じたことがなく、かつて自分の父親からしか感じたことのないものがあった。店内の離れたところでなにが起こっているのか知っている者はまだ誰もおらず、彼らは笑いとともに通してもらった。ジュークボックスからはビートルズが聴こえていた。

外に出ると、突然、静寂に包まれた。広場は太陽に揺らめいている。所々にまだ数人の人が立っていたが、サスキアとサンドラの姿はどこにも見当たらなかった。

「おいで」男は辺りを見渡してから言った。

彼らは道を渡り、錬鉄の垣根を越えて再び墓地に入った。花が飾られた、地面に穴の開いた墓の周りに多くの村人が立って、リボンとカードになんと書かれているのか、読んでいた。小径（こみち）と他の墓の上を近くの農家のニワトリたちがうろついている。オークの木陰にある石のベンチのところで男は立ち止まり、アントンに手を差し伸べた。

「コル・タークスです」彼は言った。「そして君の名はステーンワイクだね」

「アントン・ステーンワイクです」

「俺はあいつらにはハイスという名で通っている」彼はカフェの方を頭で示して言い、ベンチに座った。

アントンは横に座った。彼はこんなことはしたくなかった。さっき口にしたことは自分の意思に反して、ハンマーで叩かれた膝が上がるように反射的に出てしまったのだ。タークスはタバコの箱を出して、一本を半分引っぱり上げ、彼に勧めた。アントンは首を振り、彼の方を向いて言った。

「聞いてください。どうか立ち上がってここを去り、二度とこの話はしないことにしましょう。解決することはなにもありません。ほんとうになにも。起こってしまったことは仕方ないし、ぼくはまったく気にしていません。信じてください。もう二十年以上前のことです。妻と子どもがいて、よい仕事に就いています。なにも問題はない。ただぼくが黙っているべきだった、というだけの話です」

ターケスはタバコに火を点け、深く吸い、不愛想な顔で彼を見た。

「だが君は黙っていなかった」しばらくしてこうつづけた。「それもまた今、起こったことだ」二言目でようやく煙が言葉とともに出てきた。

アントンは頷いた。

「たしかにそうです」彼は言った。

自分を見つめる陰鬱なこげ茶色の目から逃れることができない。左目が右目とちがっている。瞼（まぶた）が少し分厚いために射貫くような視線で、彼はそれに抗せなかった。五十代のはずだが、暗い金髪の直毛は耳の前の四角い部分が少し白髪になっているだけだった。脇下に大きな汗のシミができている。〈飢餓の冬〉と呼ばれるあの冬の夜にプルーフを撃ち殺した男がここに座っている――アントンにはまるでおとぎ話のように思えた。

「俺は君が聞くべきではないことを言った」ターケスは言った。「だが君は聞いてしまった。そして君は君が言いたくなかったことを言ってしまった。それが今の事実で、だから我々はここに座っている。俺は君の存在を知っていた。当時は何歳だった？」

「十二歳です」

「あのゲス野郎のことを知ってたのか？」

「見たことがあっただけです」アントンは言った。プルーフのことを〈ゲス野郎〉という言葉が、彼の耳に奇妙になじみ深く聞こえた。

「ああ、そうだろう。あいつは定期的に君たちの家の方に行ってたから」

「プルーフの息子とは同じクラスでした」そう言いながら彼は、当時の少年ではなく十年前に自分の家の鏡に石を投げつけた巨漢を思い浮かべていた。

「そいつもファーケという名ではなかったか?」

「そうです」

「奴には他に娘も二人いたんだ。下の娘は当時、四歳だった」

「うちの娘の今の年齢です」

「そう考えると、情状酌量にはならんな」

アントンは身震いのようなものを知覚した。自分が誰からも受けたことがないような、なにか言葉では言い表せないほど険しいもののそばにいるのを感じた。あるいは、頬骨の下に傷のある男から受けた印象に似ているかもしれない。今そう言うべきだろうか? 彼はそうしなかった。自分が相手を攻撃しているような印象は与えたくなかった。それに、ターケスにとっては新しく聞くことはなにもない。発言によって誤った印象を与えるか、などと考えるのをずっと前にやめた人間の隣りに自分が座っているのは明らかだった。

「あいつがどんな悪人だったか、話そうか?」

「ぼくには必要ないです」

「俺にはあるんだ。あいつは鉄線を付けた鞭(むち)をもっていて、それで顔を殴ってたんだ。むき出しのケツも。それから燃え盛るストーブに押しつけた。ホースをケツの穴に入れて、口から糞を吐くまで水を流した。大勢の人を殺し、もっと大勢の人をドイツやポーランドでの死に追いやった。だからあいつを始末する必要があったんだ。それには同意するか？」アントンが答えずにいると、「まちがいなく同意するだろう？」

「そうですね」アントンは言った。

「よし。だが別の見方をすれば、ほぼまちがいなく報復がある、ということは俺たちにもわかっていた」

「タークスさん」アントンが遮って言った。「あなたはもしかして……」

「ハイスと呼んでくれ」

「……もしかして、ぼくに自分のことを弁解してるんですか？　ぼくはあなたを責めてないじゃないですか」

「君に弁解してるわけではない」

「じゃあ誰に？」

「それは俺にもわからない」彼は気短に言った。「自分にとか神になどと、そんな美しいものでないことだけは確かだ。神は存在しないし、俺も存在しないかもしれない」引き金を引いた人差し指で吸殻を草の上に飛ばし、墓地を見渡した。「誰が存在するか、知ってるか？　死者たちだ。死んだ友人たち」

その瞬間、まるで彼に、より高位の指揮者がやはり存在しているとわからせるかの如く、ひとつの小さな雲が太陽の前を通った。それによって墓の上の色彩が突然、後悔しているように見えた。同時に灰色の墓石が堅くなったようだった。そのすぐ後、すべては再び光に照らされていた。アントンは、隣りに座る男に自分が感じる好意がなにか両義的なものから生じているのだろうか、と考えていた。彼を通して自分も当時、起こった暴力に関わることになったから、もはや犠牲者であるだけではなくなった。犠牲者？　勿論、彼は犠牲者だ。まだ生きているにしても。だが同時に彼は、それが誰か別の人のことのようにも感じていた。

　ターケスが再びタバコに火を点けた。

「そう。我々は報復があるだろう、ということは知っていた。ああ。家が燃やされ、人質が銃殺されるだろう、と。俺たちはそれ故、行動しないでいるべきだったか？」

　彼がつづきを話さなかったので、アントンは彼を見つめた。

「ぼくに答えてほしいんですか？」

「そのとおりだ」

「答えられません。ぼくにはわからない」

「なら、俺が答えよう。答えはノーだ。お前たちがプルーフを殺さなければ俺の家族は生きていた――君がそう言うなら、それは真実だ。それは単純に真実だが、それ以上でもない。誰かが君に、君のお父さんが当時、別の道にある別の家を借りていたら君の家族はまだ生きていた、と言ったら、それも真実だ。そうであれば俺は今、ここに別の誰かと座っていたかもしれない。同じことがその道で起こっていなければ。そうであれば、プルーフもどこか別のところに住んでいたかもしれないから。それはなんの役にも立たない種類の真実だ。我々の役に立つ唯一の真実は、誰もが自分を殺した人に殺されたのであって、その他の誰によってでもない、ということだ。プルーフは俺たちに、君の家族はドイツ野郎に。我々がああするべきではなかった、と君が思うなら、こうも思うべきだ。歴史を考えれば、人類は存在しない方がよかった、と。そうであれば、世界のあらゆる愛も幸せも善良さも、たった一人の子どもの死をも埋め合わせることはできない。たとえば、君の子どもの死を。そう思うかね？」

　アントンは混乱して地面を見ていた。ターケスの言うことをアントンは完全には理解できなかった。そういう事柄について、これまで考えたことがなかったのだ。ターケスは、そのことしか考えずに生きてきたのだろうが。

「だから俺たちはやったんだ。俺たちは知っていた……」

「じゃあ、埋め合わせをできるということですか？」アントンは突然、訊ねた。

　ターケスは吸殻を足元に捨て、靴で揉み消した。細かい屑しか残らないほど徹底的に踏みつぶし、砂利をその上に寄せた。彼はアントンの問いに答えなかった。

「俺たちには、おそらく最低でも一軒の家が報復の対象になることはわかっていた。その点では、紳士諸君の行動はまだ穏やかだったということだ。だが、どの家、ということはわからなかった。あの場所を選んだのは、あそこがいちばん静かで逃げやすかったからだ。捕まるわけにはいかなかった。まだ排除すべき悪漢がたくさんいたからだ」

「あなたの両親が……」アントンはゆっくりと言った。「あそこの家のいずれかに住んでいたとしたら、あなたはそれでもあそこで撃ち殺しましたか？」

ターケスは立ち上がり、ぶかぶかのズボンで二歩、歩いて、振り返った。

「いいや、なにを言うんだ」彼は言った。「もちろん、そんなことはしない。どういう意味だ？　別のどこかでできるなら、そんなことはしない。だがあの人質の中には——同じ夜の人質だよ——、俺の末の弟もいたんだ。弟が人質になっているのを俺は知っていた。俺のお袋がどう思ったか、聞きたいか？　お袋はそれでいいと思った。まだ生きてるから、訊きに行くこともできるぞ。住所を教えようか？」

アントンは彼の左目を見るのを避けた。

「あなたはまるですべてがぼくのせいのようにぼくを見ている。なんてことだ。ぼくは十二歳で、事件が起こった時、本を読んでただけなのに」

ターケスはまた座り、タバコに火を点けた。

「君たちの家の前で起こったのは、まったくの偶然だ」

アントンは横から彼を見つめた。

「ぼくたちの家の前で起こったんじゃない」

ターケスはゆっくりとアントンの方を向き、英語で言った。

「アイ・ベッグ・ユア・パードン（なんとおっしゃいましたか）？」

「隣りの家の前で起こったんです。その人たちが死体をぼくたちの家の前に動かしたんです」

タークスは脚を伸ばして重ね合わせ、片手をポケットに入れた。頷きながら、彼は墓地を眺め渡した。

「遠くの友より良き隣人、とはよく言ったものだ」しばらくして彼は言った。ある種の笑いのようなものが彼の体を揺さぶっていた。「どんな連中だったんだ?」

「水夫だった男やもめとその娘です」

タークスは再び頷きはじめ、こう言った。

「これはこれは……たしかに、〈偶然〉に人が手を貸すこともできるというわけだ」

「そんなことしてもいいんですか?」アントンはそう訊ねたが、すぐにそれが子どもじみた問いである気がした。

「してもいいんですか……」タークスが繰り返した。「さあな。牧師に訊いてみたまえ。まだこの辺りをほっつき歩いてるはずだから。偶然に手を貸す人たちに、それはまちがっていると言ってみればいい。いずれにせよ、三秒後であれば君たちの家の前だったんだ」

「ぼくが訊いているのは……」アントンは言った。「あの時、兄が一軒先に死体を移そうとしたからなんです。あるいは戻そうとしていたのかもしれない。どちらかわからないけど、その時、警察が来たんです」

「そういうことだったのか! やっとわかったよ!」タークスは叫んだ。「だから彼は外にいたのか。だがなぜピストルを持ってたんだ?」

アントンは驚いて彼を見つめた。

「兄がピストルを持ってたって、なぜ知ってるんです?」

「どうしてだと思う? 戦後、調べたからだよ」

「あれはプルーフのピストルだったんです」

「なんと学びの多い午後なんだ」タークスはゆっくりと言って、タバコを吸い、口の端から煙を吐いた。「一軒向こうには誰が住んでたんだ?」

「老夫婦二人です」

彼の方に伸ばされた震える手。きゅうりのピクルスはワニのよう。一度、アントンはそうサンドラに言ってみたことがあったが、彼女は笑わなかった。彼女もそのとおりだと思ったのだ。

「そうか」タークスは言った。「お兄さんが元の場所に戻そうとしたら、当然、殴り合いになっていただろう」すぐにタークスはつづけた。「ああ、まったくなんてまぬけなんだ。君たちみんな、とんでもない愚か者だったんだ。死体をあっちにちょっと、こっちにちょっと動かしてみるとは呆れたもんだよ」

「じゃあ、どうすればよかったと言うんです?」

「中に入れるんだよ。当然だろうが」タークスが唸るように言った。「君たちは一刻も早く死体を家の中に入れるべきだったんだ」

アントンは啞然として彼を見つめた。勿論! コロンブスの卵! アントンが反応するより早く、タークスがつづけた。

「考えてみろよ。奴らはどこかに銃声を聞いた。どこかあの辺りで、だが正確な場所はわからない。

道になにも見つからなかったら、奴らになにができた？　すぐには仲間が襲撃されたとは考えなかったんじゃないか？　それよりも、巡査が誰かに発砲したとでも思っただろう。それとも君たちの隣人の中にNSBの党員がいて、君たちを陥れたのか？」

「それはないです。でも、家の中に入れた死体はどうすればよかったんですか？」

「知らんよ。床板の下に隠すか、庭に埋めるか。すぐに喰っちまえばもっといい。ご近所さんといっしょに焼いて喰うんだよ。飢餓の冬だっただろう？　戦争犯罪者を喰ってもカニバリズムにはならんよ」

　アントンは思わず笑ってしまった。法廷の書記だった父が警視を焼いて食べるとは。まさに〈デ・グスティブス・ノン・エスト・ディスプタンドゥム〉（「蓼食う虫も好き好き」を意味するラテン語の格言）だ。

「それとも、そんなことはなかったとでも思ってるのか？　とんでもない。あらゆることが起こってた。考えつかないようなことも、それよりもっとすごいことも」

　墓に向かう人たち、墓から戻ってきた人たちは通りすがりにちらりと彼らを見た。二人の男が木の下の石のベンチに座っている。一人はもう一人よりも若い。他の参列者たちはもうカフェで休憩しているが、この二人はまだ亡くなった友人のことを悲しみ、思い出話をしている。覚えてるかい？　あの時、彼が……と。そばを通る時、彼らは気まずそうに口を閉ざした。

「あなたが答えるのは簡単でしょう」アントンは言った。「そんなことばかり考えてたんだろうから。今でも考えてるはずです。でも、ぼくたちは家で本を読んでいて、突然、銃声を聞いたんだ」

「それでも俺ならすぐにそう考えていたはずだ」

「きっとそうでしょう。だからこそ、あなたは暴力的な組織に属していた。ぼくの父は書記で、なにも行動しない人でした。ただ単に、他の人たちが行ったことを書き留めていただけです。それに、死体を運び込む時間はなかったはずです。でも、そういえば……」彼は突然、上を見上げ、木の葉を見つめて言った。「最初に揉めてたんだった……」

眩い光の中に突然、深い闇の中での把握できない動きが蘇ってきた。廊下、叫び声、ペーターが薪に躓いて倒れたようで、鍵がなにか……それらはまるで、昼間、思い出した夢の断片のように消えてしまった。

彼はタークスに気を取られた。砂利から土が覗くように、靴の踵で四本の垂直の溝を掘っている。

「聞いてくれ」彼は言った。「家が四軒、並んでただろう?」

「はい」

「君たちは左から二番目の家に住んでいた」

「よく覚えてますね」

「今でもたまに見に行くことがあるんだ。英雄はいつも英雄的行為をした場所に立ち戻るもの、と一般的に知られている。あるいは……それは俺だけだということもありうるが。少なくとも、君の住んでた道に関してはな。まあいい。俺は死体がここ、君たちの家の前にあるものだと思っていた。どっちのご近所さんの前に最初はあったんだ？　こっちか、それともこっち？」

「こっちです」アントンは靴で右から二軒目の家を指した。

ターケスは頷き、四本の線を見つめた。

「すまん。それならまだもう一つ、質問がある。その船乗りはなぜ君たちの家の前に死体を置いたんだ？　こっちの、もう一軒の家の前でなく」

アントンも線を見た。

「わかりません。考えたこともなかった」

「なにか理由があったにちがいない。船乗りは君たちのことを嫌っていたのか？」

「そんなことないはずです。ぼくもたまに遊びに行ってたし。むしろ反対側の人たちを嫌ってました。あの人たちは誰にも挨拶しなかったから」

「君はその理由を確かめようとしたことがなかったのか？　君にとってはすべてがどうでもいいことだったのか？」

「どうでもいいって……言ったとおり、ぼくにはすべてを思い出して考える必要がないんです。起こったことが起こったにすぎない。なにも変えることはできないし、理解しても変わらない。戦争ですべてが大混乱していた。ぼくの家族は殺されて、ぼくは死を免れた。伯父と伯母に育ててもらって、よい人生を送っている。あなたがあの悪人を撃ち殺したのは正しいことにちがいない。ぼくはあなたを咎めたりしませんよ。むしろ、奴の息子を納得させるべきだ。ぼくに対してはその必要はないです。でも何故、いまだに事件を解明したいんですか？　そんなことできるわけがないし、どんな意味があるんです？　歴史なんですよ。古代史みたいなもんだ。あの時から同じことが何度、繰り返されましたか？　もしかしたら、今ぼくたちがここで話している瞬間にも、また起こってるかもしれない。この瞬間にどこかで火炎放射器を使って家が燃やされていない、と誓って言うことができますか？　ベトナムとかで。いったいなにが言いたいんです？　さっき、あなたが外に連れ出した時、ぼくの心を気遣ってくれてるのだと思ったけれど、ぜんぜんそうではなかった。少なくとも、完全にそうではなかった。あなたの方がぼくよりも引きずってる。あなたは戦争に別れを告げられないようだけど、時間は過ぎ去るものです。それとも、自分がしたことを悔やんでるんですか？」

彼は早口だが静かな口調で話した。だが同時に、相手を突然、激しく殴らないよう、気をつけなければならないような感覚もうっすらと抱いていた。

「必要なら、明日にでも同じことをするよ」ターケスは一秒のためらいもなく言った。「そして本当に明日、必要になるかもしれない。あのクズどもを根こそぎ始末したことには、いまだに心から満足してるよ。だが、君の住んでいた道での事件には……あれには割り切れないものがあった。なにかが起こってしまった」彼は両手をベンチの縁に当て、座り方を変えた。「後から考えると、あの行動は実行されない方がよかった、ということだよ」

「ぼくの両親も死ぬことになってしまったから？」

「ちがう」ターケスが激しく言った。「こう言ってすまんが、それは予想できなかったし、そうなるはずではなかった。君のお兄さんがピストルを持っているのを見つかったからかもしれない。あるいは他のなにかのせいだったかもしれないし、なんのせいでもなかったのかもしれない。俺にはわからんよ」

「おそらく……」アントンはターケスを見ずに言った。「母がドイツ人の上官に飛びかかったからだと思います」

ターケスは黙って前を見ていた。それからアントンの方に顔を向けて言った。

「俺はけっして君を、自分の戦争への郷愁で苦しめてるわけではない。もし君がそう思うなら、それはちがう。俺もそういう種類の人間は知ってるが、俺はそこには属していない。バカンスのたびにベルリンに行き、できればヒトラーの肖像写真をベッドの上に掛けたいと思ってるような奴らだ。いや、問題なのは、あそこ、ハールレムで他のことも起こっていた、ということだ」彼の瞳に光るものがこみ上げた。アントンは彼の喉ぼとけが何度か上下するのを見た。「あの時、命を奪われたのは君の両親とお兄さんと人質だけではなかったんだ。俺はプルーフを撃った時、一人じゃなかった。俺たちは二人だった。俺は誰かと……つまり、俺の恋人といっしょだったんだ。いや、もういい」

アントンは彼を見つめた。アントンの中に突然、感情がこみ上げ、両手で覆った顔をそむけると、すすり泣きはじめた。彼女は死んだのだ。この瞬間、彼にとって、彼女は二十一年前に死んだ。同時に、それによって二十一年間、闇に隠され、一度も思い出されなかった彼女が――思い出していればまだ生きているか、考えただろうから――、彼にとって意味をもつ存在として蘇ったのだ。さっき教会で、その後のカフェでも、自分は彼女を探していたのだ――ようやく彼はそのことを理解した。だからこそ、自分になんの関係もないこの葬儀に参列したのだ、と。

彼はタークスの手を肩に感じた。

「どうしたんだ?」

彼は両手をはずした。目は乾いていた。

「彼女はどんな死を遂げたんですか?」彼は訊ねた。

「解放の三週間前に砂丘で処刑された。そこの名誉墓地に埋葬されている。なぜ君がそんなに彼女のことを気にするんだ?」

「彼女を知っているから」アントンは小声で言った。「彼女と話をしたんです。あの夜、同じ牢獄に入れられてたんです」

タークスが疑い深げに彼を見つめた。

「彼女だってどうしてわかる? 名前は? 名乗らなかったはずだ」

「そうです。でもまちがいないです」

「襲撃に関わっていると言ったのか?」

アントンは首を振った。

「言ってません。でもぼくにははっきりわかるんです」

「なんでだ⁉ くそっ」タークスがかっとなって言った。「どんな姿だったんだ?」

「それはわかりません。真っ暗だったから」

ターケスはしばらく考えていた。

「彼女の写真を見たら彼女だとわかるか？」

「ぼくは彼女を見てないんですよ、ターケスさん。でも……彼女の写真を見てみたいです」

「なんて言ってた？　なにか少しは覚えてるはずだろう！」

アントンは両腕を挙げた。

「できれば思い出したいですよ。でもあまりに昔のことで……彼女はケガをしていました」

「どこを？」

「わかりません」

ターケスの目に涙が溢れてきた。

「彼女にちがいない」彼は言った。「素性も明かさなかったなら……プルーフはいまわの際に彼女を撃って傷を負わせたんだ。俺たちが角を曲がる直前に」

ターケスの涙を見たアントンは、自らも泣かざるを得なかった。

「なんていう名前だったんですか？」彼は訊ねた。

「トゥルース。トゥルース・コスターだ」

墓地にいる人たちは今や目の端から彼らのことしか見ていなかった。二人の成人した男性が、友人の死を悲しみ、これほど感傷的になっていることに驚いているのかもしれない。もしかしたら、なんだか芝居じみていると思っているのかも……

「まあ、あの人たち、あんなところにいた！」

義母の声がした。サスキアとサンドラを従えて、義母が垣根を入ってきた。眩い砂利の中に二つの黒い影と、白を纏った子どもの姿が見えた。サンドラが「パパ！」と叫び、抱えていた人形を落としてアントンに駆け寄った。彼は立ち上がり、屈んで彼女を受けとめ、抱き上げた。彼を見つめるサスキアの大きな目に心配していたことが読み取れた。アントンは安心させるように頷いてみせた。だが、持ち手がシルバーの、黒光りする杖にもたれた母親の方は、そう簡単にははぐらかされない。

「まあ呆れた、あなたたち、泣いてたの？」彼女は怒ったように言った。それを聞いたサンドラはぱっと振り返ってアントンの顔を見た。デ・フラーフ夫人は今にも吐きそうな声で言った。「あなたたちを見てると気分が悪くなるわ。いい加減、あのひどい戦争の話は止めたらどうなの？　あなた、わたしの娘婿の気をおかしくしてるの？　ハイス。はいはい、いつだってあなたなのよね」奇妙な、あざけるような笑い声を上げる彼女のふくよかな頬が揺れた。「ここでこんなことをしてちゃダメなのよ。まるで二人のネクロフィリアが現場で取り押さえられたみたいに見えるわ。しかも墓地で！　今すぐおやめなさい。さあ、行くわよ」

彼女は踵（きびす）を返し、道を戻りはじめた。杖で砂利の上の人形を示し、皆が自分に従うことを一秒たりとも疑わずに。実際、そのとおりだった。

「すごいよなあ」ターケスも奇妙な笑い方をして言った。デ・フラーフ夫人とこれまでにも繋がりがあったのが明らかだった。アントンが彼を見つめていると、こう言った。「まるでウィルヘルミナ女王だ」

サンドラが、ママと死んだおじさんの家に行ってレモネードを二杯ごちそうになった話をするのを聞きながら、彼らは広場に戻った。カフェもそろそろ人の姿が少なくなってきていた。ドアの前には記章の付いた公用車が停めてあり、運転手が後部ドアの脇に立っていた。アントンの様子を窺うような視線が向けられたが、誰もなにも訊ねなかった。サンドラは祖父を呼びに、祖母とともにカフェの中に入っていった。人形を手にしたサスキアが、サンドラに食事をさせたいのでどこかに食事に行こうと母に話した、と言った。

「ちょっと動かんでくれ」ターケスが言った。

アントンは立ったまま、ターケスがなにか書いているのを背中に感じていた。サスキアがまたさっきと同じ目で見ているのに気づき、彼はなにも問題がないことを示すために一瞬、目を閉じてみせた。ターケスは手帳のページを破ってたたむと、アントンの胸ポケットに入れた。彼は黙ってアントンと握手をし、サスキアに頷いて、カフェに入っていった。

歩道の端でヤープがオートバイのエンジンをかけようとしていた。エンジンがかかった時に大臣がデ・フラーフと外に出てきた。運転手は帽子を取り、車のドアを開けた。だが大臣はまずヤープのもとに行き、握手をした。

「またな、ヤープ」

「ああ」ヤープが言った。「またの機会に」

4

サンドラは当然、祖父母の車に乗りたがった。彼らは二台の車を連ね、アントンの知るレストランに向かい市道を走った。なにが起こったのか、邪魔されずにサスキアと話す絶好の機会だったが、アントンは口を閉ざしてハンドルを握っていた。彼女は、そのような時には——相手が戦争を引きずっている場合——同じように黙っていることを家庭で学んだ。ただ、ある種の和解の場面だったのか、とだけ訊ね、彼は「そんなようなことだ」と答えた（そうではなかったが）。熱い湯に長く浸かりすぎたような感覚で、彼は道を見ていた。タークスとの会話について考えようとしても、まだどうすれば考えられるのかがわからないようだった。実はなにも考えることがないようでもあった。タークスが胸ポケットに入れた紙のことを思い出し、取り出して、片手の指で開いた。そこには住所と電話番号が書かれていた。

「訪ねるつもり？」サスキアが訊いた。

彼は紙を胸ポケットにしまい、髪を横に撫でつけた。

「訪ねないと思う」彼は言った。

「でも捨てないのね」

彼は一瞬、ほほ笑んで彼女を見つめた。

「捨てはしないよ」

十分ほどして彼らが到着した店は、田舎の立派でシックなレストランだった。屋根の尖った正方形の農家を改築した店内は薄暗く、がらんとしていた。果樹園の陰にしつらえられたテーブル席で人々が食事をしており、燕尾服を着たウェイターたちが給仕していた。

「パタッチェス（フライドポテト）食べる！」もう一台の車から駆け出したサンドラが叫んだ。

デ・フラーフ夫人は再び吐き気がするような声を出して言った。「下品ねえ……」そしてサスキアには「あの子にあの粗食は〈ポム・フリット〉だと教えられないの？」。

「かわいそうに。パタッチェスを食べさせてやろうじゃないか」デ・フラーフが言った。「ポム・フリットは口に合わないようだから」

「パタッチェスがいい！」

「パタッチェス、食べていいよ」デ・フラーフは手をヘルメットのようにサンドラの頭に当てた。「炒（い）り卵といっしょにね。それとも〈スクランブルエッグ〉の方がいいかい？」

「いやだ、炒り卵がいい」

「パパったら」サスキアが言った。「もういいから」

デ・フラーフは上座に座り、また両手を伸ばしてテーブルの端を摑んだ。ウェイターがメニューを渡そうとすると、手の甲で押しのけて言った。

「大人は魚。嬢ちゃんにはパタッチェスと炒り卵を。シャブリを外側に水滴のついたクーラーで冷やしてくれたまえ。君の燕尾服姿を見ると、食事が一層おいしくなりそうだ」彼は妻の笑いの発作がおさまるのを待って、ナプキンを膝にかけた。「君たち、ディケンズの逸話を知っているだろう？　ディケンズは毎年、クリスマスイブに友人たちをディナーに招待していた。暖炉の火がかきたてられ、ロウソクが灯される。ガチョウの丸焼きを食べていると、窓の外の雪の中、孤独な浮浪者が足踏みをして凍えながら、数分おきにこう叫ぶんだ。『ああ、なんて寒いんだ！』とな。ディケンズが自分たちとの違いを強調するために、金を払って雇ってたんだ」

デ・フラーフは笑いながら、向かいに座るアントンを見た。彼の陽気さは当然、アントンを助けるためのものだった。だがアントンの目を見た彼の笑いは凍てついた。彼はナプキンを皿の隣りに置いて頭で合図をし、立ち上がった。アントンも立ち上がり、彼につづいた。サンドラも椅子から立ち上がりそうになると、デ・フラーフ夫人が言った。

「あなたは座ってらっしゃい」

牧場と敷地を区切るアオウキクサでいっぱいの水路の端で彼らは止まった。

「どんな気分だ？　アントン」

「大丈夫です、お父さん」

「あのハイスの野郎、ヘマをやらしたら奴の右に出る者はおらんよ。戦時中は拷問を受けてもなにも喋らなかったが、今、口を滑らせやがった。君があいつの隣りに座るなんて、こんな偶然があるだろうか」

「しかも、ある意味、二度目に」アントンは言った。

デ・フラーフは問うような目で彼を見た。

「ああ、それもそうだな」アントンの意味するところを理解して、彼は言った。

「でも、だからこそ、これで合ってるんです。つまり……二つの出来事が互いを帳消しにする」

「互いを帳消しにする」デ・フラーフは繰り返して言い、頷いた。「これはこれは……」彼はジェスチャーを交えて言った。「謎めいた発言だな。だがそれが、君が物事を納得する方法なのだろう」

アントンは笑った。

「いや、ぼく自身にもどういう意味だかわかりません」

「それでは他人がわかるはずもないな。まあいい、君がそれに翻弄されることがなければ。もしかしたら、今日、起こったことは君にとって幸運なことなのかもしれない。我々は皆、先延ばしにしてきたが、今になって問題が起きてくる。あちこちからそう聞いているよ。二十年が我々の病気の潜伏期間のようなものらしい。アムステルダムの状況もそれに関係している、というのがわたしの考えだ」

「お父さんからは後遺症に苦しんでいるような印象は受けませんが」

「ああ……」デ・フラーフは黒い靴の先で、草と雑草によって地面に押さえつけられている石をほじくり出そうとした。「ああ……」石が取れないと、彼はアントンを見て頷いた。「テーブルに戻ろう。それがいちばんだと君も思わんか？」


デ・フラーフ夫妻がヘルダーラント州に帰った後、サスキアとアントンは交代でトイレに行き、夏服に着替えて出てきた。変身し終えると、彼らはワイク・アーン・ゼイの海岸に車を走らせた。

所々にまだ、かつてナチスの築いた防塞、〈大西洋の壁〉の残る砂丘を抜ける細い道の行き止まりに、穏やかな海が水平線までつづいていた。平日だったので、砂浜にいるのはほとんどが幼い子ども連れの母親だった。彼らは裸足になって熱い砂の上を歩き、貝が足の裏に突き刺さる乾いた高潮線を越えて、波打ち際に向かった。ようやくそこまで来ると、突然少し涼しくなった。サスキアとサンドラはすぐに服を脱ぎ、浅瀬のぬるい海水に浸かりに行った。アントンはまず居心地よく身の周りを整えた。タオルを広げ、探偵小説をその下に置き、服をたたみ、バケツとスコップを置いて、腕時計はサスキアのバッグに仕舞った。それから彼はゆっくりと海に入り、沖を目指した。

二番目の砂州を越えて足が底につかなくなると、海水が本格的に冷たくなった。だがそれは奇妙な、心地悪い冷たさで、爽快感は得られなかった。冷たく、生気のない深みから発せられるものが彼を包んだ。それでもしばらくその辺りを泳ぎつづけた。まだ海岸から二百メートルも離れていないのに、彼はもはや陸には属していなかった。海岸は静止し、彼が今いるところとはまったくちがうなにものかのように、左右に広がっていた。砂丘、灯台、高いアンテナを立てた低い建物。彼は突然、疲れ、独りぼっちに感じていた。顎が震え出したので、慌てて陸に戻ることにした。まるで水平線の彼方の脅威から逃れるかのように。海水は徐々に温かくなり、足が底に届くと、水の中を歩きはじめた。サスキアとサンドラのいるところは、風呂のように温かだった。彼はそこで堅い砂紋の上に仰向けに横たわり、両腕を広げて深いため息をついた。

「沖の方は冷たかったよ」彼は言った。

砂浜に戻ると、彼はタオルを数メートル後ろの熱くて白い砂の上に敷いた。サスキアが隣りに座り、二人でいっしょにサンドラを見ていた。サンドラもちょうどよい距離を保ちつつ、自分と同い年くらいの女の子が砂の城を造るのを見ていた。しばらくすると、彼女も黙って造りはじめた。もう一人の女の子は気づかないふりをしていた。

「どんな気持ち？」サスキアが訊ねた。

彼は彼女の肩を抱いた。

「大丈夫だよ」

「忘れるといいよ」

「もう忘れたよ」彼はうつ伏せに寝た。「陽に当たったのがよかった」彼は腕のくぼみに顔を載せて、目を閉じた。背中と脇をくすぐる感覚に震えた。サスキアがサンオイルを伸ばして塗っていた。

しばらくして、がばりと頭をもたげると、自分が一瞬、まどろんでいたのがわかった。彼は再び座り、跪いたサスキアがサンドラに気づかれることなくサンオイルを塗るのを見た。太陽は今がいちばん熱かった。海の中でボール遊びをする人がいる。二人の少年がカンバス地の日除けの下でギターを弾いている。何人かの幼児が毅然と海に入っては出て、バケツの水を穴に注ぎつづけている。いつかは穴が海水で満たされると確信して。アントンは本を手に取り少し読もうとしたが、サングラスなしでは頭の影でも紙が眩しすぎてうまくいかなかった。

ぐずりはじめたサンドラを連れて、サスキアは最後にもう一度、海に入った。上がると、二人は水を滴らせて少し離れたところの騒ぎを見に行った。だがサンドラはすぐに泣きながらアントンのところに駆けてきた。男の子たちがフライパンほど大きい紫色のクラゲを、スコップを使って叩き切っていたのだ。クラゲはなにもやり返せないのに。母親譲りの決然とした態度で、サスキアは自分の荷物をまとめはじめた。

「村に行ってサンドラと買い物してくるわ。戻ってきたら、帰りましょう。この子、ヘトヘトよ。最初に教会とお葬式、それから故人の家にも行って……」サスキアはしゃがんで、サンドラの脚が揺れるほど擦って乾かした。

「だったら、俺もいっしょに行く方がいいんじゃない?」

「ううん、あなたはここにいて。じゃないとどんどん遅くなるから。二人でなにか飲んでから迎えにくるから」

彼はもう一度、手を振ろうと見ていたが、二人は振り返ることなく難儀そうに上がっていった。姿が見えなくなると、汗で光る背中を下に寝そべり、目を閉じた。

徐々に、砂浜の音が空と同じ大きさの球の外縁に消え去った。彼は世界から急激に離れていくその球の中心の、空っぽでピンク色の空間に、まるで天にいるように寝るか浮かぶかしていた。なにかが足踏みをはじめた。なにか地下にあるものが。だが地面はなく、空間そのものが足踏みをして、叩いているようだった。辺りは暗さが増し、曇ってきた。グラスの水にインクが一滴落ちたように。

突起のような混合物は混ざり合うことがない。プラズマのような動き、変態、曖昧な手がヤギのようなヒゲと鼻メガネの古風な教授の顔に変わり、それがさらに手綱をつけられて平らなワゴンに乗るサーカスのゾウに変わる。叩く音は、転轍機の多い操車場の電車の音になる。電車は音楽の切れ端、風になびく麦となる。すべてが水の滴る夜の中、一層黒みを増す。甲冑の、羽根のついた兜から燃え盛る炎が出てくる。そこですべてが突然、堅く、継続的になる。再び光が現れる。ピンク色のクリスタルの巨大なドアは光によって照らされているのではなく、自らが光を放っている。その上の、切れ込みのある葉を飾りにつけた二体の天使もクリスタルでできている。ドアはピンク色に塗られた(造りつけの、あるいは溶けた)鉄の棒で閉じてある。何年もの時を経て、壊れていないものはなに一つないことを、彼は見る。彼は家——バウテンルストに戻ってきたのだ。閉鎖されているにもかかわらず中に入るが、どの部屋も空っぽだ。すべては思い出せないように、像、彫刻、装飾を多用して造り変えられている。まるで水中のような静けさに包まれている。なにかに遮られているかのように苦労しながら、彼は広間に変わった部屋を歩いて回る。突然、家の裏庭側に見覚えのある父の書斎が見える。だが斜めの壁だったところは今、ガラス張りの増築部分になっている。大きなサンルームかウィンター・ガーデンのようで、中には小さな噴水と、ギリシャ宮殿のほっそりした真っ白のファサードがあり……

彼は下着一枚でソファに横たわっていた。バルコニーのドアは暑い夏の夜に向けて大きく開かれていた。部屋の中は日暮れの弱い光と街灯にのみ照らされている。今になると、彼の顔、胸、脚の表側が如何に日焼けでほてっているかがよくわかった。少し褐色の肌なのですぐにほてることはないのだが、今回はまるでひどく殴られたように真っ赤になっていた。砂浜でサンドラが彼を揺すり起こした時、一時間半以上も眠りこけていた。眠ると血液の循環が遅くなる。太陽の下では熱を放出するために、循環は逆に速くならなければならない。ほてってしまうのはそのせいだ。頭が割れそうな頭痛もしたが、車の後部座席の日陰に心地よく横たわっているうちに、ほぼ完全になくなった。おそらく昼食で飲んだワインも関係していたのだろう。

遠くから交通のざわめきが絶えず聞こえてきたが、近所からはバルコニーや家の前の道で話をしている人の声以外は聞こえない。数軒先の家では、子どもがリコーダーを吹いている。サスキアは食後、眠りにつけないサンドラを大きなベッドに寝かせて添い寝をしているうちに、自分もたちまち眠りに落ちた。

アントンは疲れてぼんやり前を見ていた。タークスのことを考え、人生においては遅かれ早かれすべてが明らかになり、処理され、解決済みとみなされるのだ、と思った。ベウマー家を訪れたのはどのくらい前だっただろうか？　十五年ほど――一九四五年当時の自分の年齢以上も前だ。ベウマー氏はまちがいなく、ようやく震えが止まって棺に横たわっているだろう。ベウマー夫人もおそらく亡くなっているだろう。ハールレムにはあれ以来、一度も行っていない。ファーケは？　どこにいるかは知らないし、どうでもいい。デン・ヘルダーの店の経営責任者になっているかもしれない。タークスのことはそれとはちがう。彼らは二人で泣いたのだ。起こった事柄について泣いたのは、彼にははじめてのことだった。だが両親とペーターのことを思ってではなく、一度も姿を見たとのない女性の死を思って泣いたのだ。トゥルース……名字はなんだったか？　彼は少し身を起こして、名字を思い出そうとしたが、思い出せなかった。砂丘で銃殺されたのだ。砂を血で染めて。彼は牢獄の暗闇を思い起こそうと、目を閉じた。彼の顔をやさしく撫でた彼女の指……。彼は両手を顔に当てて、大きな目で指の透き間から見た。深く息を吸い、両手で髪を後ろに撫でつけた。これはやってみるべきではない。危険だ。調子がよくないのでもう寝るべきだったが、彼は腕を組んで再び前を見つめた。

ターケスが彼女の写真をもっている。彼を訪ねて、今さらながら彼女のことを確かめるべきなのか？　彼女は彼の恋人だったのだ。深く愛していたようだ。当然、彼は彼女の最期についてアントンから聞く権利をもっている。だが彼は彼女が自分に言ったことをなにも思い出せなかった。彼女がたくさん話をし、彼の顔に触れたことしか覚えていない。ターケスを訪ねて得られることは唯一つ、彼女が自分にとって大きな、目に見えない存在から連れ出され、特定の顔に戻されることのみだった。自分はそれを望むのか？　それによって、自分が今彼女にもっているものを弱めてしまうのではないか？　彼女の顔が美しいか醜いか、魅力的かそうでないか、その他のどうであろうと関係ない。ただ彼女の顔がそうであったとおりであって、他のなんでもない。それに対して、今の彼は彼女の顔のイメージを一切もっていない。ただ、カトリックの子どもたちが自分たちの〈守護天使〉に対して抱くような抽象的な認識しかなかった。

そして今、次のことが起こった。高いところから飛び降りた空中ブランコ乗りがセーフティネットの上で立ち上がる無重力感を思わせる動きで、寝ている姿勢から体を起こして跪き、ずっと見るとはなしに見ていた写真を見た。写真は額に入れられて、六分儀のコレクションを入れた真鍮(しんちゅう)の金具付きのマホガニー材の棚の上に置かれていた。暗がりの中ではなんの写真か、ほとんど見分けがつかなかったが、よく見えなくても彼にはわかっている。くるぶしまでの黒いドレスを着たサスキア。数日後に生まれるサンドラで腹が膨らんでいる。トゥルースという名前だとわかった若い女性のイメージを抱いていなかった、というのはほんとうではなかった！　これが最初から彼女に対するイメージであり、他のなんでもなかった。サスキアがそのイメージだったのだ！　それこそ、彼があの日の午後、〈スクーンの石〉のところで一瞥(いちべつ)で彼女に認めたものだった。サスキアが、彼が十二歳の時から無意識のうちに抱いていて、彼女においてはじめて見えるようになったイメージの具現だった。そのイメージを彼女に見たのではない。自らの瞬時の愛——彼女が自分のもとに留まり子どもを産むことへの瞬時の確かさ、という形で見たのだ！

彼は動揺して、部屋の中を歩き回りはじめた。これはいったいなんという考えなんだ？　もしかしたらほんとうにそうなのかもしれないし、そうではないかもしれない。だがたとえほんとうであったとしても、それではサスキアになにか良からぬことをしていることにはならないか？　彼女はまず第一に自分をもった人間なのだ。砂丘で銃殺され、ずっと前に亡くなった抵抗運動家とどんな関係があるというのか？　彼女が自分自身ではなく、別の誰かのイメージでいなければならないとしたら、彼は結婚生活を壊そうとしているのではないか？　そうであれば、彼女は如何なるチャンスももたないことになる。別の誰かであることは不可能だからだ。それならば、彼はある意味、彼女のことを殺そうとしていることになる。だが別の見方をすると、これがほんとうだとして、彼があの夜、警察署であの女性に出会っていなければ、今サスキアといっしょにいなかったことになる。それならば、二人の女性は互いから切り離すことができない、ということだ。そこには当然、彼のイマジネーションが存在している。おそらくサスキアはトゥルースには似ていないだろう。彼はトゥルースがどんな姿か知らないのだから。そうでなければ、ターケスもサスキアに別の反応を示したはずだが、ほとんど関心を示さなかった。サスキアは、トゥルースがアントンに抱かせたイメージにのみ似ている。だがそれでは、そのイメージはどこから来たのか？ なぜこのイメージであって、他のイメージではないのか？ もしかしたら、そのイメージはもっとずっと以前の源をもっていて、フロイト風に解釈すると、彼が揺りかごの赤ん坊だった時の母親のイメージに由来しているのかもしれない。

彼はバルコニーに立って下を見たが、なにも見てはいなかった。勤務している病院で、翌日、新しい同僚が来る、こういう名前だ、と聞くたびに、いつもすぐに彼あるいは彼女のイメージを抱く。それが実際の新しい同僚と合っていることは一度もなく、本人を見るとすぐに忘れるのだが、あのイメージはどこから来るのだろう？ 有名な作家や芸術家に対してもそういうことがあった。はじめて誰かの肖像写真を見ると、驚きでいっぱいになることが。それによって、自分が気づかぬうちに勝手に彼らのイメージを抱いていたことが明らかになる。肖像写真を見てしまったために、彼らの作品自体への興味を失う、ということさえあった。ジョイスがそうだった。彼が醜かったからではない。サルトルはもっと醜かったが、肖像写真を見た後の方が一層、作品への興味が増したから。イメージは時に、現実よりも正確でありうるようだ。

別の言い方をすると、サスキアが彼のトゥルースのイメージに似ているのは悪いことではない、ということだ。トゥルースはあの状況で彼にイメージを抱かせた。サスキアがそれに呼応していた。それは問題ない。そのイメージはトゥルースではなく彼のものだからだ。イメージがどこから来たのかは、重要ではない謎だ。それに、もしかしたら事は反対なのかもしれない。はじめて会った時、サスキアが彼の心を深く捕らえた。それ故、彼は今になって、トゥルースもこんな姿だったにちがいない、と想像しているのかもしれない。だが、そうだとしたら、彼が不当に扱っているのはトゥルースの方だということになる。それならば、彼女――トゥルース・コスターの名前だけでなく、現実の外見をも知ることは、彼の義務だろう。

少し涼しくなった。遠くでパトカーのサイレンが鳴り響いていた。また街で事件が起きたのだろう。ここ一年ほどずっとこんな状態なのだ。時刻は十時半、彼は今すぐターケスに電話をすることにした。彼は二階の寝室に行った。寝室のカーテンも開いたままだった。毛布は払いのけられ、サンドラは口を開けてシーツにくるまり寝ていた。サスキアは下着姿でサンドラに腕を回し、うつ伏せに寝ていた。眠りに満ちた暑い静寂の中、彼はしばらく立って見ていた。さっきはなにか致命的なものの横をかすめて飛んだような気がしたが、今はそれが邪悪な混乱――熱中症に呼び起こされた、いかれた妄想のように思えた。忘れて眠る方がいいだろう。

だが彼は横たわる代わりにジャケットに近づいた。サスキアが椅子にかけておいたジャケットの胸ポケットから二本指で紙をつまみ出した。自分はまだなにか良からぬことをしている、という曖昧な意識とともに。

5

「エニー・タイム（いつでもいいよ）」いつ訪ねればいいか、というアントンの問いに、ターケスはこう言った。「今すぐ来たらどうだ？」今は少し頭痛がすると言うと、「みんな同じだよ」と。翌日は四時に仕事が終わるので、四時半に訪ねることにした。

　翌日もまだ暑く、仕事に集中するのに注意を要した。外に出て、ニューウェザイズ・フォールブルフウァル通りまで歩いて行けるのが嬉しかった。まだ顔と胸が日焼けでヒリヒリした。サスキアが朝もう一度、軟膏（なんこう）をすり込んでくれた。その間に彼女にターケスと会うことを話そうか、考えたが、やめておいた。スパウ広場には警察の青い特別出動車が連なって停まっていた。緊張感が街を覆っていたが、すでにそれがあたりまえになっていた。市長と大臣がなんとかするべき事柄だ。ターケスはダム広場の王宮の斜め後ろの細長い家に住んでいて、二台のトラックの間を抜けてようやく入り口にたどり着いた。繁栄していた時代から建つファサードには、口に魚を咥（くわ）えた寓話（ぐうわ）の動物のようなものが彫られた石板が埋まっており、下に〈カワウソ〉と書かれていた。

　ドアステップに立ったアントンは、あらゆる種類の事務所や会社、個人宅の名前の中からターケスの名前を見つけるのにしばらく時間を要した。彼の名は紙切れに鉛筆で書かれ（三度鳴らして、という指示とともに）、画鋲（がびょう）で呼び鈴の下に留められていた。

　ドアを開けたターケスは、一目で酒を飲んでいたのがわかった。目が潤んでいて、肌は昨日よりさらにまだらだった。ヒゲを剃っておらず、灰色の霞が顎から開いたシャツまで広がっていた。アントンは彼の後ろについて、天井が高く石膏が剝げた長い廊下を、自転車や箱、バケツ、板、半分空気の抜けたゴムボートを避けながら歩いた。ドアの奥からはタイプライターやラジオの音が聞こえてきた。曲がって廊下に下りてくるアンティークのオーク材の階段に、ズボンにパジャマの上着を着た年老いた男が座って、取り外しのできるパドルをいじっていた。

「新聞を読んだか？」ターケスが振り向かずに訊いた。

「まだです」

　道の裏手にある離れの、廊下の突き当たりのドアから、寝室・仕事場・台所として機能する小部屋にアントンは通された。寝たまま整えられていないベッドの他に、書き物机もあった。書類や手紙、郵便振替の支払い書、開いた新聞と雑誌の間に、コーヒーカップ、吸殻の溢れる灰皿、蓋を開けたままのジャムの瓶、それに片方の靴まで置かれていた。アントンは脈絡のない物が乱雑に置かれた状態を忌み嫌っていた。自宅では、サスキアが彼の机の上に櫛（くし）や手袋をちょっと置くことさえ堪えがたかった。鍋やフライパン、洗ってない皿、まるで今すぐ旅に出るかのように置かれたスーツケース。亜鉛のキッチンカウンター上の窓から散らかった中庭が見え、音楽も聴こえてきた。ターケスはベッドの上から開いた新聞を取り、何度か折って、一面の一つの記事しか見えないようにした。

「君にも興味深いだろう」と言われ、アントンは見た。

ヴィリー・ラーゲス
重病により釈放

ドイツ人ラーゲスが、オランダのSDかゲシュタポの責任者で、職務上、何千件もの処刑と、十万人のユダヤ人の移送に責任があったことは、アントンも知るところだった。戦後、死刑を宣告されたが、何年も前に終身刑に減刑されていた。当時、反対デモに大勢が参加したが、彼はしなかった。

「どう思う?」ターケスが訊ねた。「病気だからだとさ、俺たちの愛すべき小さなヴィリーが。奴がドイツでどんなに早く快復するか、見物だな。自分は大勢の人間を病気にしたというのに。だがそれはそんなにひどいこととはみなされないんだ。人道主義的な紳士諸君は、我々を犠牲にして慈悲深くあろうとするんだ。戦犯が病気なのか、なんと気の毒な。早く釈放してやろうじゃないか、あのファシストを。我々はファシストじゃないんだから。我々は汚いことはしないんだ、とな。このニュースであいつの犠牲者が病気になれば、反ファシストとはなんと憎悪に満ちた人間なんだ、連中も同じように汚い奴らだ、と言われるのがおちだ。これからますますひどくなるぞ。誰が釈放をいちばん支持すると思う？　戦時中、なにもしなかった連中のすべてだ。カトリック教徒を先頭としてな。あいつが監獄の中でいち早くカトリック教徒になったのは、そういうわけだったんだ。だが、あいつが天国に行くんだったら、俺は地獄に行く方がましだ……」タークスはアントンを見つめ、彼の手から新聞を取った。「君はすでに受け入れたんだな？　顔がそんなに赤いのは恥じてるからだろう。君の両親とお兄さんもこの紳士の下に属していたんだよ」

「今のこの老いぼれの下ではないでしょう」

「老いぼれだと？」タークスは口からタバコを取り、ゆっくりと煙が出るようにしばらく口を開けていた。「ここに連れて来たら、今からでも喉を切り裂いてやる。ポケットナイフでやってもいい。老いぼれだと……まるで体の問題みたいじゃないか」彼は新聞を机の上に叩きつけ、空き瓶を足でベッドの下に押しやり、突然、アントンを作り笑いで見つめた。「まあな、君は苦しむ人間を助けるのが仕事だからな。そうだろう？」

「なんで知ってるんです？」アントンは驚いて訊いた。

「さっき、君の義理の父親に電話をしたからだよ。人は自分が誰と関わっているのか、知っておくべきだろう？」

アントンはタークスを見つづけながら、首を振った。ゆっくりとその口元に笑みが浮かんできた。

「あなたにとってはまだ戦争がつづいてるんですね、タークスさん」

「そうだよ」タークスはそう言って、アントンを見つめ返した。「そのとおりだ」

　ターケスの左目の射貫くような視線に、アントンは気まずくなった。誰が最初に瞬きをするかというゲームでもしているのか？　彼は目を伏せた。

「で、あなたは？」アントンは辺りを見回しながら訊いた。「まぬけなことに、ぼくは誰にも電話をして訊いてないのですが、あなたはどんな仕事をされてるんです？」

「君は才能溢れる数学者の前にいるんだ」

　アントンは吹き出した。

「数学者にしては机の上が整ってないな」

「この散らかりは戦争によって生じたものだ。俺は〈一九四〇－四五年財団〉の金で暮らしてる。A・ヒトラー氏がもたらした財団だ。氏が俺を数学から解放したんだ。彼がいなけりゃ、今頃まだ毎日、教壇に立ってただろうよ」彼は窓台からウィスキーの瓶を取って、アントンに注いだ。「無慈悲な奴らの慈悲を祝して」彼はグラスをアントンのグラスに当てた。

「乾杯（チアーズ）」アントンは言った。

　生ぬるいウィスキーではよい気分になりそうになかったが、拒むことはできなかった。ターケスは昨日よりもシニカルだった。新聞記事かアルコールのせいかもしれないし、そうあろうと決めていたのかもしれない。椅子は勧めてくれなかったが、アントンはそれに好感を抱いた。なぜ人はいつも座らなければならないのだ？　クレマンソー（第一次世界大戦時のフランスの首相）は自分を立った姿勢で埋葬させた。グラスを手に、彼らは狭い部屋の中、まるでカクテルパーティーのように向かい合って立っていた。

「そういえば、俺は医療関係の仕事をしていたこともある」ターケスが言った。

「そうなんですか？　じゃあ同業ですね」

「そういうことになるな」

「聞かせてください」アントンはなにかひどい話を聞かされるのを予感しながら言った。

「ある解剖学の研究所でな――オランダの某所、と言っておこう。所長が、良い事柄を行うように、と我々の自由に使わせてくれたんだ。そこで裁判が行われ、死刑判決が下されたりした。遂行もな」

「それは知られてませんね」

「知られるべきではないからだ。いつまた必要になるかもわからんからな。内部事情だったんだ。仲間内の密告者や潜入者といった問題。そいつらは地下で、心臓に直に長い針でフェノールを注射された。それから他の白衣の英雄たちに花崗岩のキッチンカウンターの上で切り刻まれた。フォルマリンの入った大きな水槽もあって、いくつもの耳や手、鼻、ペニスや内臓がびっしり浮かんでた。処刑された奴らを再び繋ぎ合わせるのは無理だからな。すべて教育のためだったんだよ。誤解しないでくれ」ターケスは挑発的にアントンを見た。「ああ、俺は最悪の人間だよ」

「良い事柄のためだったなら……」アントンは言った。

「ドイツ野郎は研究所のことを怖がって、なるべく近づかないようにしてたんだ……あいつらには幽霊が見えたらしい」

「あなたには見えなかったんですね」

「地下には引き出し付きの背の高い戸棚が一列に並んでいた。一つの戸棚に引き出しが五段ほど、どの引き出しにも死体が収納されていた。俺は一度、その中で一晩、横たわっていたことがある。しばらく姿を消す必要があった時に」

「どうでした？　よく眠れましたか？」

「ぐっすりとな」

「タークスさん、お聞きしたいことがあります」

「言ってみろ」タークスは薄ら笑いを浮かべて言った。

「いったいなにがしたいんです？　ぼくに通過儀礼が必要だとか？　その必要はほんとうにないですから。ぼくもそれなりの体験をしてきたので。あなたが他の誰よりも知ってるはずです」

タークスは彼を見つめ、ウィスキーを一口飲みながら見つめつづけた。

「俺が望むのは、君の方でもこっちがどんな人間か、知る、ということだ」

まだしばらく見つめた後、瓶を持って言った。「行こう。電話が聞こえるようにドアは開けといてくれ」

アントンはタークスにつづいて階段を下り、廊下のある地階に行った。タークスが鍵であるドアを開けると、天井の低い空間が現れた。アントンには一瞥では用途がわからなかった。むっとしていて、上窓から弱い光が射していた。タークスは冷たい光を放つ蛍光灯を点けた。そのうちの一本は端が紫色にチカチカ点滅しつづけていた。傷んだ白いタイルの壁が、かつては邸宅のキッチンだったことを示していた。低い天井沿いに、暖房の太いパイプとその他のあらゆる管が並んでいた。中央には木製のテーブルがあり、ここにも吸殻の溢れる灰皿が置かれていた。長い壁沿いに擦り切れた赤いビロードのソファ、その他には扉に鏡のついた古風なリンネル類用の戸棚と捨てられた自転車しかなかった。全体的に塹壕（ざんごう）、地下司令部の趣があった。とりわけ、ソファの向かい側の壁にテープで貼られた、黄ばんで所々破れた地図がそれを強調していた。アントンはグラスを手に、地図に近づいていった。〈コンパス社版　ドイツ地図〉と右下の角にある。地図は、ソ連とフランスからの攻撃を示し、ベルリンで重なる赤と青の線でいっぱいだった。色が付いていないのは、北と中央ドイツの一部と、オランダ西部だけだった。彼の視線は海の上のなにかのところで止まった。色褪（いろあ）せた青の上に、淡い赤色の跡がうっすらと付いていた。口紅を塗った唇を押し当てたキスの跡だ。彼は振り向いた。ターケスはソファの上で脚を組んで、彼を見つめていた。

「そういうことだ」彼は言った。

　これが、ここに地図の貼ってある理由なのだろうか？　戦争への有毒なノスタルジーではなく、彼女の唇の跡が付いているから？　この地階は記念碑なのか？　だが、ターケスにとっては戦争と彼女の間に差はないのかもしれない。戦争が彼の愛する人となったので、不貞をはたらくわけにはいかないのかもしれない。戦争の残虐さについて語る時にさえ、実はトゥルース・コスターと自分が幸せだった時代の話をしているのかもしれない。

　天井はまっすぐ立つのに十分な高さがあったが、無意識に頭を下げながらソファに向かい、ターケスの横に座った。北海から湧き起こる唇をあらためて見つめた。まるで彼女の顔の他の部分が海中に沈んでいるようだった。（十一か十二の少年だった頃、オランダの地図を顕微鏡で拡大すると、ハールレムを歩いている人々が見える、と空想して、庭でやってみたことがあった。顕微鏡に屈みこむ自分が見えるはずだ、と……。）「美しいオフィーリア……」（オフィーリアは『ハムレット』の登場人物で小川に落ちて亡くなる）。あそこに彼女の唇が当たっていたのだ。ラジオ・ロンドンの情報を地図に書き込みながら、解放後にはどうするか話し合いながら、だったのかもしれない……。横からターケスの気管支の耳障りな音が聞こえていた。彼はタバコを咥えたまま、もう一杯、ウィスキーを注ぎ、黙っていた。アントンはこれほど他の男と深く繋がっていると感じたことはなかった。ターケスの方でもそうかもしれない。外からかすかにカリヨンの曲が聴こえてきた。彼は自転車を見た。フレームの付いた男性用の自転車で、今では見かけることのない〈テリーサドル〉と呼ばれていたサドルだ。

その時、彼は写真を見た。

絵葉書大で、地図からさほど離れていないところに、下の部分を電気コードの裏に挿し入れてあった。彼の心臓が高鳴りはじめた。彼は身じろぎもせずに、二十一年後に遠くから自分を見る顔を見つめた。数秒後、彼は一瞬、ターケスの方を見た。ターケスは自分の吐き出した煙を見つめていた。それからアントンは立ち上がり、写真のところに行った。

サスキア。彼を見つめているのはサスキアだった。勿論、サスキアではない。彼女はサスキアに似てさえもいない。それでも、その視線は紛れもなく、ウェストミンスター寺院ではじめて見た時のサスキアのものだった。目立たない、やさしげな二十三歳くらいの女性。ほほ笑みによって、口が少し顔の右側に寄っていて、それが洗練された印象を与えている。それとは対照的に、ワンピースはきちんとした、首元で閉じたもので、前身頃に刺繍（ししゅう）がほどこされ、パフスリーブになっている。肩までの豊かな波打つ髪はおそらくダークブロンドだろうが、モノクロ写真ではわからない。写真の隅の光が強すぎて、彼女の頭を包む暗い背景に光のくずが舞って見える。

　ターケスが隣りに立った。

「彼女だったか?」

「きっとそうです。そうにちがいない……」アントンは写真から目を離さずに言った。

　とうとう彼女が闇の中から表に出てきた――サスキアの目をして。彼は昨夜の自分の熟考を思い出していたが、この相似がなにを意味するのか、すぐに理解するには動揺しすぎていた。ターケスもその時間は与えてくれなかった。あたかもこれまで全力で自分を抑えてきたかのように、突然、アントンの肩を摑み、揺さぶった。そのさまは、教師が居眠りしている子どもを揺さぶるようだった。

「話してくれ! 彼女はなんと言ったんだ?」

「覚えてないんです」

「俺のことを話してたか?」

「覚えてないんですよ、ターケスさん!」

「思い出そうとしてくれよ! 畜生!」大声で叫んだ途端、咳の発作が始まった。彼は部屋の隅で吐いているように屈み、両手を膝に当てて立ち尽くした。喘ぎながら彼が身を起こすと、アントンは言った。

「消えてしまったんです。話してあげられたらいいのにと思っても、記憶にあるのはただ、彼女がぼくの顔に触れたことだけなんです。後で顔に血がついていたから、彼女がケガをしていたのを知ってるんです。ぼくがまだ十二歳だったことをわかってください。自分の父親の声さえ覚えてないんです。家に放火されたばかりで、両親と兄が消えてしまい、ショック状態で飢餓感に苛まれていた。そんな中、警察署の下の暗い牢獄に入れられて……」

「警察署？」ターケスはぽかんと口を開けて言った。「どの警察署だ？」

「ヘームステーデです」

ターケスは両腕を広げて絶望を示した。

「そこにいたのか……なんてこった、そこに行けば俺たちは彼女を救出できたんだ。俺はハールレムの刑務所だとばかり思ってたんだ……」

アントンには、ターケスの頭の中に今さらながらヘームステーデ警察署の奇襲計画が浮かぶのがわかった。アントンは目を逸らし、苛立って歩き回った。記憶は永遠に消え去り、もはや世界のどこにも存在しない。大学で現在、ＬＳＤを使った実験が行われているのを彼は知っていた。勿論、記憶は彼の脳のどこかに保存されているのだ。真剣な被験者が歓迎されることも知っていた。もしかしたら記憶が戻ってくるかもしれない。ターケスに話したら、是非とも被験者になるよう説得されるだろう。アントンはそれが嫌だった。過去を化学的に掘り起こしたいとは思えなかった。それに、彼女に関する記憶はまったく戻ってこず、他のなにか、予期せぬことが思い出されるかもしれない。彼がコントロールできないなにかが。

「ぼくが覚えているのは、彼女がなにかについて長い話をしていた、ということだけです」

「なんについてだ？」

「それは覚えていません」

「クソったれ！」ターケスは叫び、ウィスキーを飲み干し、西部劇のバーテンダーがするようにグラスをテーブルの上に滑らせた。「それは覚えていません、あれも覚えていません……」

アントンは立ち尽くしていた。

「ぼくを椅子に縛りつけて、ランプを顔に当てて事情聴取したいんでしょう。そうですよね？」

ターケスは一瞬、床を見つめた。

「わかったよ」彼はすまない、という仕草をして言った。「わかった……」

アントンにはもはや、トゥルース・コスターの容姿を確かめるために写真を見る必要がなかった。彼女の顔はすでに彼の記憶に消しがたく刻まれていた。

「あなたたちは結婚してたんですか？」彼は訊ねた。

ターケスは自分のグラスにウィスキーを注ぎ、瓶を手にアントンのそばに来た。

「俺は結婚していたが、彼女とではない。俺には妻と二人の子どもがいた。君と同年代か少し年下の子どもがね。だが愛していたのは彼女だ。ただ、彼女は俺のことを愛していなかった。俺はすぐに彼女のために自分の家族を捨てたんだが、彼女はそれを笑っていた。俺が愛してる、と言うと、大げさだと言われた。二人で多くのことを体験したから、ただそう思っているだけだ、と。とにかく、俺は今は離婚している」

彼はうろうろと歩き回りはじめた。ズボンの股の部分が下がりすぎている。股下の後ろはほつれていた。それを見たアントンは思った。これが抵抗運動が残したものなのだ、と。だらしのない、不幸な、半分酔っ払った地下室の男。地下から出るのは友人を葬る時だけかもしれない。戦犯は釈放され、過去の出来事はもはやターケスを必要としていない……。

「長い話か……」ターケスが言った。「たしかに、彼女の得意とするところだった。戯言（ざれごと）！　我々は延々と喋りつづけたよ。いつでも道徳の話だった。たまに戦後の話をすることもあったが、そんな時には彼女はあまり喋らなかった。一度、言ってたよ。戦後のことを考えると、大きな深い穴を見ているようだ、と。道徳の話となると、とうとうと喋りつづけた。彼女に訊いたことがあった。親衛隊の隊員に、父親か母親、どちらを撃ち殺してほしいか選べ、選ばなければ両方殺すと言われたら、どうするか、とな。そういうことがあったと聞いたことがあったんだ」彼はそう言って、吸殻を灰皿に投げ入れた。「彼女は、俺ならどうする、と訊いた。俺は隊員の上着のボタンを数える、と答えた。父、母、父、母、と。残忍さには愚鈍に応じる以外にない。だが彼女は、自分ならなにも言わない、と答えたんだ。そんな提案をする奴は約束を守らないだろうから、と。そうしたら、どちらも撃ち殺さないかもしれない。だがもし『父親』と言ったら、ほんとうに父親を撃ち殺して、『お前が望んだからだ』と言うかもしれない。その考え方はとてもいい。あれはすばらしかった。我々は幾夜も我々の行動について話し合った。俺たちがあそこに座っている姿を想像してみてくれ。二人とも、死刑判決を受けて……」

「死刑判決を受けてたんですか？」アントンは訊ねた。

　ターケスが吹き出した。

「そうだよ。君はちがったのか？　一度、こんなことがあった」彼は話をつづけた。「彼女は真夜中、外出禁止時間を大幅に過ぎて、家に帰ることになった。暗闇の中で迷子になって、日が昇るまで道のどこかにしゃがんでいたんだ」

　アントンは少し斜め上を見た。まるで遠くに自分の知っている音――弱々しいシグナルが聴こえたような気がしたが、それはまたすぐに消え失せた。

「陽が昇るまで道のどこかに？　まるでいつかそんな夢を見たことがあるような……」

「完全に混乱していたんだ。当時、どんなに真っ暗だったかは君も覚えているだろう？」

「ええ」アントンは言った。「あの頃しばらく、天文学者になりたいと思っていました」

　タークスは頷いたが、アントンの話はほとんど耳に入っていないようだ。

「彼女は物事について熟考していた。俺より十歳年下だったが、あらゆる事柄について俺よりもずっと深く考えていたよ。彼女に比べたら俺は単なる数学馬鹿だ。ある時、こんな提案をした。ザイス＝インクヴァルト（占領地オランダ駐在の国家弁務官）の子どもたちを誘拐して、我々の側の人間、数百人と人質交換させよう、と。どうやってそんなことを思いつくのか！　と罵(ののし)られたよ。子どもたちにどんな関係があるのか、と。たしかに全くないよ。ベルトコンベヤー式に殺されていたユダヤ人の子どもたちと同じくらい関係がない。子どもたちは一切関係がない、ということだ。だが、だからこその提案だったんだ。敵の弱点を突くために。弱点が自分の子どもであるなら――勿論そうだろう――、奴の子どもたちを突くんだ。交渉が成立しなかったら、その子どもたちはどうなるのか？　そうなれば、子どもたちが死ぬことになる。痛みなしに、解剖学研究所で……」タークスは目の端でちらりとアントンを見て言った。「ああ、すまんな、俺はほんとうにひどい人間なんだよ」

「さっきもそう言ってましたよ」

「そうか？」ターケスはわざとらしく驚いてみせた。「嘘だろう！　わかった、もう言わんよ。俺はひどい人間以下かもしれん。とにかく、誘拐は実現しなかった。〈ファシストにはファシストたらん〉というのが俺のモットーだった。他の言語はあいつらに通じないから。これを紋章の銘句にしたいところだ。ラテン語でな。インテリの君ならラテン語でどう言うか、わかるだろう？」

「ファシストにはファシストたらん……」アントンは繰り返した。「ラテン語では言えません。ファッショの語源、ファスケスはローマ時代の〈束桿〉という、斧の柄に棒を付けたものを意味するから。〈束桿には束桿たらん〉では……なんのことやら」

「そうだろうな」ターケスは言った。「トゥルースもその考えには反対だった。俺は自分が奴らに変わらないよう、気をつけなければならない、と彼女は言っていた。まさしくその方法で、奴らが俺を打ち負かすからだ。ああ、彼女は哲学者だったんだよ、ステーンワイク。ピストルをもつ哲学者、だがな」

　そう言った瞬間、ターケスはリンネル類の戸棚の脇を歩いていた。彼は屈んで引き出しを開け、大きなピストルを机の上に置いて、再び歩きはじめた。まるでなにも起こらなかったかのように。

　アントンは驚いて、突然、そこに置かれた濃い灰色の物体を見つめた。それは机が焦げそうな脅威を放っていた。彼は顔を上げた。

「彼女のピストルですか？」

「彼女のピストルだ」

その物体はまるで発掘で見つかった別の文化の遺物であるかのように、机の上に横たわっていた。

「これでプルーフを撃ったんですか?」

「ああ、しかも命中した!」ターケスは立ち止まり、人差し指をアントンに向けて言った。しばらくピストルを見つめていた後、ターケスが徐々に別のなにかを見はじめたことにアントンは気づいた。「俺はあの夜、とても愚かなことをしていた」独り言のように彼は言った。「俺たちは君の住んでいた道をひどくゆっくりと、恋人同士に見えるように手をつないで自転車を漕いでいた。少なくとも、俺にとってはほんとうにそうだったしな。奴が俺たちに追いつくようにして、そこで奴は一瞬、俺たちを見た。トゥルースはその瞬間はまだ陽気に『おはようございます!』と叫んで、奴もちょっとほほ笑んだようだった。しばらくして、俺が先に出た。すぐさま殺すつもりだったが、道が凍っていた。ハンドルから片手を離してポケットからピストルを出す時、滑ってしまった。俺は奴の背中を撃ち、ちょっとしてから肩と腹を撃ったが、うまくいかなかったのが見えた。奴が地面に倒れて、俺はもう一度、発砲したかったが、不発に終わった。俺はトゥルースに譲るよう、速く漕いだ。振り返った時、彼女が靴の先を歩道に当てて支えて、奴の肩甲骨の間に慎重に狙いを定めているのが見えた。奴は頭を両腕で抱えて丸まっていた。彼女は二度、発砲して、ピストルをポケットに仕舞い、急いでその場を離れた。死んだと確信していたようだが、俺は奴が体を起こすのを見た。気をつけろ、と俺は叫んだ。彼女が全力で漕ぎはじめた時、奴が発砲した……そしてくだらん偶然によって彼女に当たってしまった。背中の下の方に」

まるで机の上のピストルが、アントンを過去の深みに引きずり込む重りのようだった。牢獄で起こったことを完璧に忘れていたのと同じくらい明らかに、彼は家での最後の夜のことを思い出していた。銃声と、その後のプルーフが横たわる人気のない道。勿論、彼にはずっとわかっていたはずだ。そのすぐ前に他の人たちがそこにいたことが。だが、わかっていたのは論理上でのことにすぎなかった。それが今ようやく現実となった。彼があの夜、聞いた叫び声は、プルーフではなくタークスのものだったのだ。死にかけの人の叫び声だと思い込んでいた。

　ピストルの横の灰皿がくすぶりはじめた。

「それから?」彼は訊ねた。

「それから……それから……それから……」タークスは奇妙なダンスのステップを踏むようにしながら言った。「それから、長い鼻のゾウがやって来て、お話を吹き消しました、とな（子どもが寝る前に聴かせるお話の決まり文句）。彼女は先に進めなくなった。俺は彼女を荷台に引き揚げようとした。それから二人で茂みに隠れよう、とも。だがドイツ野郎どもが来た時、窓から女性が叫びはじめたんだ。俺たちがそこにいる、と。彼女は俺にピストルを渡してキスをして、それが最後だった。俺はもう少し発砲して、その場を去った。後に、戦争が終わる前に、俺は自らその女を懲らしめてやろうと思ったが、うまくいかなかった。そいつもまだどこかでやさしいおばあちゃんとして生きてるんだよ」彼はまるで古美術商が高価な宝石を量るように、机の上のピストルを手に取った。「これを手に、そいつに話しかけたかった。『こんばんは。お元気ですか? ご家庭に問題もなく? お子さんたちもお元気で?』」彼は引き金に指を当てて、あらゆる方向からピストルを見た。「まだこれで発砲できるんだよ。戦後、君の義理の父親と彼の友人たちは、俺に武器を放棄させようとした。俺は今では刑罰に値する。もはや記念品としてしか所持してはならなくなった。銃身を金属で固めさせて。俺はそうはしなかった。発砲する必要がもうないとはかぎらないからな」そう言って、彼はアントンを見つめた。「最後の一発の必要がな」彼はピストルを置いて、人差し指を立てて耳をそばだてた。「聴こえるか？　ちょっと泣いてるんだ。こいつをかわいがるトゥルースほどに、赤ん坊をかわいがる母親はいないだろうよ……」一瞬、タークスの目に涙が浮かんでくるように思われたが、そうはならなかった。「なあ、俺は一度、こんな映画を観たんだ」彼は突然、脈絡もなく言った。「娘を強姦され、殺された男の話だ。犯人は懲役十八年の実刑を受けた。父親は犯人が出所した日に殺してやる、と誓った。犯人は八年後、刑期短縮で釈放された。行動が良ければ恩赦を与えられるだろう？　リボルバーをポケットに忍ばせて、父親は犯人を門のところで待ち伏せた。二人は一日中、共に過ごし、話をする。最終的に、父親は犯人を撃ち殺さなかった。犯人もまた気の毒な男で、環境の犠牲者であることを理解したからだ」上で電話が鳴っていた。タークスはゆっくりとドアに向かいながら、最後まで話した。「最後のシーンはこうだ。父親は立ち尽くしていて、犯人は鞄を手に森の径を歩いていく。犯人の背中に現れた白い点がこちらに近づいてくると、〈The End〉という言葉になる。その瞬間に突然、俺にはある一つのことがはっきりとわかったんだ。それは、父親がその瞬間、あらゆる理解にもかかわらず、リボルバーを取り出して犯人を撃ち殺さねばならなかったのだ、と。何故なら、娘は環境に殺されたのではなく、そこを歩いていく男に殺されたからだ。そうしなければ、ひどい環境で生きてこなければならなかった人間は全員、潜在的な性犯罪者であり殺人者である、と主張していることになる。すぐ戻るよ」

地下室は静かになったが、ターケスが呼び起こした暴力が、聞こえないこだまのように残っていた。壊れた蛍光灯のパチパチいう音が聞こえた。ピストルに背を向け、アントンはテーブルの端に座って北海の唇を見た。自分の唇をその上に押し当てたかったが、勇気がなかった。彼女の写真。ほほ笑んでこちらを見返している。彼がどこにいようと、彼女は常に目を動かすことなく彼を見つめていた。何百人もの人を一度に見つめることができる。彼女は誰のことをも、いつもこの写真の瞬間のように見つめて、けっして年は取らない。そして自らはなにも見ることがない。こんなふうに、サスキアの目をして、彼女はあの夜、暗闇の中で彼のことを見ていたのだ。彼を通り越してその向こうを。傷を負い、殺人者を撃ち殺したすぐ後、そして想像するだに怖ろしい拷問を受け、砂丘で処刑される前に。アントンは、彼女が触れた顔に両手を当てて、目を閉じた。世界は地獄だ、と彼は思った。地獄なのだ。たとえ明日、地上に天国が創られたとしても、過去に起こったすべてのことによって、天国であることはできないだろう。もはや二度と償いはできないのだ。宇宙における人類の営みは失敗したのだ。大いなるしくじり。人類は誕生しない方がよかっただろう。人類がもはや存在せず、あらゆる人のいまわの叫びの記憶もなくなってこそ、ようやく世界は再び秩序を取り戻すだろう。

突然、強烈な悪臭がして、彼は目を開けた。灰皿から青い煙の柱が立ち昇っていた。残っていたウィスキーを燃える堆積にかけると、悪臭はますますひどくなった。部屋の隅の低い正方形の洗面台に蛇口があるのが見えたが、灰皿を持ち上げようとして指をやけどしてしまった。彼はグラスを手に蛇口に向かい、まず指に水をかけた。しばらくしてからグラスの水を灰皿にかけると、吸殻の山は汚く黒い泥のようになった。煙が低い天井に渦巻いている。天窓を開けようとしたが開かなかったので、彼は地下室を出た。廊下で彼は机の上のピストルのことを考えた。鍵がまだ鍵穴に差し込んだままなのを見て、鍵を閉めて階段を上がった。

ターケスは自室で窓から外を見ていた。受話器はフックに置かれていた。外から叫び声とサイレンが聞こえている。

「鍵はここに置きます」アントンは言った。「灰皿がくすぶって臭いがひどかったので」

ターケスは振り返らなかった。

「きのう、カフェで俺の隣りに座っていた男を覚えてるか？」

「もちろん」アントンは答えた。「ぼくでしたよ」

「反対側で俺と喋ってた男のことだ」

「なんとなく」

「そいつが今しがた自殺したんだ」

アントンは自分が限界に近いことを感じた。

「なぜ？」そのつもりではなかったのに、ささやき声になっていた。

「約束を守ったんだよ」ターケスは言ったが、もはやアントンではなく自分自身に話すようだった。

「ラーゲスが五二年に減刑を受けた時、あいつは言っていた。『今度は釈放になるんだろうが、そうなったら俺は死ぬよ』とな。お前はメトシェラ（聖書で九百六十九歳まで生きたとされる）くらい長生きするさ、と俺たちは笑ったのに……」

アントンはまだしばらく彼の背中を見ていた。それから踵を返して、部屋を出た。パジャマの上着を着た男は消えていた。ドアの奥のラジオから溶けそうな声が聴こえていた。

ブルー・レディに紅いバラを……

最後のエピソード
1981年

1

それから……それから……それから……。時が流れた。「少なくとも〈それはもう終わったことだ〉（オランダ語では〈それは背中の後ろだ〉と言う）」と我々は言う。「だが、まだどんなことが〈我々を待ち受けている〉（オランダ語では〈船首の先にある〉）だろうか？」と。我々の語法によれば、我々は未来に顔を向け、過去に背中を向けていて、ほとんどの人はそう感じている。未来は自分たちの前にあり、過去は後ろにある、と。ダイナミックな性格の人にとっては、現在は、荒々しい海の未来の波を船首で切って進んでいく船ということになる。受け身型の人にとってはむしろ、川の流れと共に静かに流れていく筏だ。どちらのイメージにも当然、奇妙なところがある。時が動きであるならば、それは二番目の時の中で動かねばならない。このようにして、無限の数の時が生じる。哲学者が気に入らない種類の情景だが、感情のイメージというものは概して、理性などはあまり気にしないものだ。さらに、未来を自らの前に、過去を後ろにもつ者は、もう一つ別の方法でも理解できないことをしている。その人にとって、出来事はなんらかの方法ですでに未来に存在していて、ある瞬間、現在に届き、最終的に過去に落ち着く、ということになる。だが未来にはなにもなく空っぽなのだ。次の瞬間に死んでしまうかもしれない。そういう人はすなわち、顔を無に向けて立っていることになる。その人の後ろにこそ見るべきもの、記憶に保管された過去がある、というのに。

古代ギリシャ人がそれ故、未来について語る時に「まだどんなことが我々の後ろに待ち受けているだろうか?」と言ったのだとしたら、アントン・ステーンワイクはその意味では古代ギリシャ人だった。彼もまた、背を未来に向けて、顔を過去に向けているからだ。時についてたまに考える際、彼は出来事が未来から現在を経て過去に行くのを見るのではなく、過去から出来事が現在に生じ、消すことのできない未来へ向かうのを見た。それと共に毎回、伯父の家の屋根裏部屋で行ったある実験を思い出さずにはいられなかった。人工的な生命! 水ガラス(戦争が始まった頃、母親が卵を保存していた粘液性の液体)に硫酸銅の結晶をいくつか落とすと、虫のようなものが出てくる。(結晶の印象的な青色を、後に彼はパドヴァのジョットのフレスコ画に見た。)浸透圧で成長し、再び虫のようなものが突き出てくる。屋根裏部屋で、次第に一層長い青の枝となって、その生気のない白さの中をうごめいていた。

パドヴァは二人目の妻、リースベットと新婚旅行で訪れた。一九六八年、サスキアと離婚した一年後のことだった。リースベットは美術史を学び、アントンの勤め先となった超モダンな病院で事務のパートをしていた。どこをとっても劣悪な病院だったが、給料はそこの方がよかったのだ。彼女の父親は大戦の直前に結婚し、若い行政官としてオランダ領東インドに赴任した。ただちに日本軍によって抑留所に容れられ、タイ・ビルマ鉄道建設の強制労働もさせられた。だが彼もまたアントンと同じほど戦争体験について語ろうとはしなかった。リースベットはオランダへの引き揚げ直後に生まれ、そのすべてと関わりがなかった。彼女の目は青色だったが、ほぼ黒に近いダークブロンドの髪をしていた。インドネシアには行ったことがなかったし、インドネシア人の血が混ざっているわけでもないのに、その顔つきと動作にはどこか東洋的なものがあった。ルイセンコの学説はやはり真実を含んでいて、獲得形質も遺伝するのかもしれない——リースベットを見ていると、そんな気がすることがあった。

　結婚一年後に生まれた息子を彼らはペーターと名付けた。サスキアとサンドラがこれまでの家に住みつづけていたので、アントンはアムステルダム南地区に庭付きの家を買った。息子を腕に抱いている時に、たまに考えることがあった。自分が第一次世界大戦から隔たっている時間より、この子が第二次大戦から隔たっている時間の方がずっと長いのだ、と。そして、第一次大戦は彼にとってなにを意味するだろう？　ペロポネソス戦争よりも意味することは少ない。それはサンドラにも言えることだったが、サンドラの時にはそう考えたことがなかった。

　その頃からバカンスはトスカーナ地方の、シエナのそばの村はずれにある大きな古い別荘で過ごすようになった。安く購入し、地元の建設業者に改築させた。家の裏側は削り取った丘で、家の一角に岩がむき出しになったままの箇所があった。斜めに条紋のついた黄褐色の帯状の石が、漆喰塗りの壁から突き出ている。彼はそこに手を当てるのが好きだった。まるで自分の部屋の中で地球全体を摑んでいるような気がした。クリスマス休暇にも彼らは大型のステーションワゴンで別荘に行った。その頃から、アントンはバカンスだけを楽しみに生きるようになった。テラスのオリーブの木陰に座ると、目の前はブドウ園やヒノキ、セイヨウキョウチクトウのある緑の丘だった。所々に胸壁の付いた正方形の塔も見えた。その奇跡の景色――見えるとおりであるだけでなく、ある瞬間にはルネッサンスのパノラマのようであり、また別の瞬間には古代ローマ時代のようでもある――は、そのどの瞬間にもハールレム、一九四五年の戦争の冬からはるか遠く離れていた。まだ四十を超えたばかりだというのに、彼はペーターが家を出たら恒久的にそこに住むことを考えはじめていた。

いつの間にか、彼は四軒の家を所有していた。当分はまだ週末に過ごす場所が必要なので、ヘルダーラント州にサスキアの父親が気に入っていた小さな農家を買ったのだ。サスキアとサンドラも当然、バカンスの都合がつけばいつでも利用してよい。トスカーナの別荘の方もそうだ。サスキアは少し年下のオーボエ奏者と再婚した。世界的に有名で、いつも機嫌がよく、子どもが一人いた。彼もまたゆくゆくは複数の家を所有することになる。(デ・フラーフ夫人は娘の再婚相手のことをあまり気に入ってはいなかったが、サスキアは昔から周りの女友だちとは異なっていた。プリーツスカートを穿き、フラットシューズを履いて、シルクのスカーフを巻いてパールのネックレスをしているような、身分ばかり気にしている女の子たちとは。)たまに大人四人と子どもたちでイタリアにバカンスに行くこともあった。なにかの拍子に、まだアントンとサスキアの間に特定の繋がりがあることが明らかになると、リースベットが少し機嫌を損ねた。だがサスキアの夫は笑いとばした。その特定の繋がりも離婚の原因であったことをよく理解していたからだ。いちばん年下のリースベットは理解力は秀でていなくても、どこか四人の中で最も年上のようでもあった。時々、彼女が〈ママ〉と呼ばれるのを聞くと、アントンは楽しい気持ちになった。

片頭痛は年と共にましになっていたが、四十前後の一年間、他の問題に苦しむことになった。気分が沈み、疲労感があり、悪夢に睡眠を乱された。目が覚めた途端、心配と不安な予感に見舞われた。すべてが悪しきことなのではないか――四軒の家も、サンドラを見捨てたことも、その他のあらゆることも。風に舞う落ち葉のように、頭の中に絶えずひとひらの絶望感が渦巻いていた。これまでは自分が担当した患者が亡くなった時――突然、人間が廃棄物に変わった時にしか味わったことのなかった感情だった。彼が背筋を正し、全員が黙って背筋を正して、機械が停められる。片手でマスクを、もう片方の手で手術帽を取って、頭を少しかしげ、足を引きずるように手術室を出る時の感情だ。イタリアでの暑い日に、彼は突如、危機に陥った。それは究極の危機であると同時に、心配事だらけの数ヵ月の終わりでもあることがわかった。

村の精肉店にはいつも子牛肉しか売っていないので、リースベットは朝、ペーターを連れてシエナに出かけた。たいていは彼が自分で町に買い物に行っていた。(ついでにカンポ広場のカフェのテラスでのんびりするためでもあった。十四世紀に建てられた貝殻の形をした美しい広場は、建築術においても進歩は存在しないことを示している。) だがその朝は気分が優れず、家にいることにしたのだ。座って本を読んでいる時、突然、静寂が気になって顔を上げた。彼の視線は白いライターを捉えた。いつかリースベットの両親からもらったもので、サイコロの形をしている。彼は落ち着きなく、白の漆喰をほどこした不規則な形の部屋から部屋へと彷徨(さまよ)いはじめた。段が不揃いの螺(ら)

旋(せん)階段を上ったり下りたりし、合間には座ってみたが、座ると一層ひどくなるので、すぐに立ち上がらざるを得なかった。だがいったいなにが一層ひどくなるのだろう？　どこにも痛みはなく、熱もない。すべてが整っているのに、同時にすべて乱れていた。リースベットとペーターに戻ってきてほしかった。それも今すぐ。彼の中で、自分では理解できないなにかが起きていた。急(せ)き立てられるように、テラスの端まで歩いていった。眼下を見下ろしても、人気のない田舎道が、倒れた風車のある丘の裏に消えているだけだった。家の中に入り、玄関から外に出て、険しい階段を上って、家屋の屋根の高さにある道に出た。二人はもう戻ってきて、少し散策しているのかもしれない。だが車は定位置に停めてなかった。木がなく、村に対して大きすぎる広場は、沸騰した湯をかけられたように見えた。黒い服を着た老爺(ろうや)と老婆しか歩いている者はいない。教会の射影にも数人の老人が座っているが、老爺と老婆は日向を歩いている。目の眩む光の中の、二体の炭化した形のように。

　そして今、彼の前に灰色の山が津波のごとく立ちはだかり、襲いかかってきた。彼は階段を駆け下りて、玄関を後ろ手に閉め、震えながら周りを見回した。身動きしない、白い漆喰塗りの壁が、その白さを彼の顔に向けて叫んでいた。階段の螺旋、荒削りの木の梁(はり)、すべては彼の脳内のなにかを捩じる危険物に変わっていた。岩が壁を貫通し、彼の頭を貫通した。両手を胸に当てて、彼はテラスに出た。丘を覆うヒノキが黒い炎を吐いている。歯がカタカタと音を立てていることに気づいた。まるで海から上がった子どものようだったが、止めることができない。世界になにかが起きているのであって、彼に起きているわけではないからだ。コオロギの鳴き声が体を突き刺すようで、彼は喘ぎながら再びタイルの赤が際立つ室内に戻った。マントルピースの上の昔からあるプットの付いた鏡。サイコロの黒い目。過呼吸を起こして収拾がつかなくならないよう、自分を抑えなければならないことはわかっていた。テーブルの前のまっすぐな椅子——イタリアらしく、紐を編んだ座面が心もち小さいもの——に座ると、鼻と口を両手で包み、目を閉じてリラックスしようとした。

まるで地震の映像のように体をこわばらせて震えているアントンを、しばらくしてリースベットが見つけた。彼のまなざしに気づいて、有無を言わせず医者を呼んだ。アントンはペーターを見て、笑おうとした。それからリースベットがテーブルに置いた溢れそうなショッピングバッグを見た。いちばん上に小さな包みがあった。紙がめくれて花のように開き、血の滲む肉の塊をあらわにしていた。

医者はすぐに駆けつけた。そして、これくらい大したことではない、驚くには値しない、と言い聞かせ、アントンに注射をした。十五時間、眠りつづけ、翌朝はすっきりと目覚めた。再び今回のようなことが起きた時に飲むよう、抗不安薬の処方箋も置かれていたが、彼はたちまち破り捨てた。自分で処方箋を出せるから、というよりも、一旦服用しはじめると、残りの生涯、服用しつづけることになると知っていたからだ。その後、発作は数回起きたが、次第に弱まり、最終的には起きなくなった。処方箋を破いたことで、発作がアントンを怖れ、逆らえないと思ったかのように。ただ、家とテラスからの眺めだけは元どおりきれいなものにはならなかった。あの午後を境に、それらは完璧さを失ってしまった。美しい顔が傷跡によって損なわれるように。

時は流れた。若くして白髪が出てきたが、父親のように禿げることはなかった。周りの人々の服装が――無産階級が消えていくのと同じスピードで――無産階級風になっていく中、彼は英国風の上着、チェックのシャツにネクタイを着つづけた。徐々に彼は、今の自分と同じ年齢の頃から知っている人たちが、老人となる年齢に達した。それは驚くべき発見で、彼はそれによって年老いた人のことも若者のことも別のまなざしで見るようになった。まず初めに自分のことを。ある日、彼は父親が亡くなった年齢を超えていた。それは彼に、違反を咎められるような感覚を与えた。〈ユピテルに許されていることが雄牛に許されているわけではない〉というラテン語の格言があるではないか。昔はけっして格言など使うことはなかったが――〈覆水（ふくすい）盆に返らず〉や〈足るを知る〉、〈欲しかった物が手に入ると興味は失せる〉など――、格言が自分にとっての物事を正確に表している、と感じることの多い年齢になった。それらは単に気恥ずかしい決まり文句なのではなく、幾世代もの人の人生経験が合わさってできた表現であることがわかった――たいていはかなり気の滅入る事実を指してはいるものの。そこには革命家の知恵は含まれていない。革命家は知恵に富んではいないからだ。いずれにしても、アントンが革命家に属していたことは一度もない。彼の人生体験がそうなることを防いだ。

　伯母の死後、彼は伯母の肖像写真を額装させて、机の上の伯父の横に置いた。四軒の家のいずれかではなく、病院の自室に。七〇年代の後半にデ・フラーフも亡くなった。葬儀の参列者は、前回の仲間の葬儀よりもずっと少なかった。口ひげが白くなったヘンクと前髪が真っ白なヤープはいたが、大臣と市長はすでに亡くなっていた。牧師と詩人、出版者も同様だ。あれ以来、一度も会っていないタークスの姿もなかった。だがアントンの問いに全員が、彼はまだ生きているはずだ、と答えた。ここ数年、彼から連絡をもらった者はいなかった。数週間後、かつての義理の母親も亡くなった。二度目の火葬場で、サンドラとサスキア、サスキアの夫の隣りで棺が地下に下りていくのを見たアントンは驚いた。デ・フラーフ夫人の黒光りする、銀色の持ち手の杖が、将軍の葬儀のように蓋に載せられていなかったからだ。

戦争は、間が空きながら常に新しい本やテレビ番組で話題になりつつも、次第に――そう言っていいものなら――遠い昔のこととなってきていた。プルーフの殺害は地平線のはるか彼方で漠然とした、彼以外にはほとんど知る人のいない事件、古い時代の残酷なおとぎ話になり果てた。十六歳になったサンドラがある日、言った。一度、自分の祖父と祖母、伯父がどこで最期を迎えたのか見に行きたい、と。サスキアもリースベットも賛成ではなかったが、アントンはそうしてもいいように思った。五月のある土曜の午後、彼は娘をハールレムに連れて行った。泥炭採掘所跡に延々と立ち並ぶアパートの脇の四車線道路と、三階建てになった多層道路（曳舟用の水路もそれによってなくなった）を通って。彼は二十五年以上、ハールレムを訪れていなかった。サスキアとリースベットにさえ、あの場所を見せたことはない。

あの場所。彼は吹き出した。歯並びの欠けたところに金歯が詰められていたのだ。かつて彼の家があったところに、六〇年代風の白い平屋のバンガローが、手入れの行き届いた芝生の真ん中に建っている。窓が広く、屋根は平らで、横にガレージが付いている。垣根のところに〈売家〉という看板がある。彼はすぐにベウマー家の家屋も改築されたことに気づいた。一階は一つの大きな空間となり、側面の屋根に新しく幅の広い天窓が付いていた。いちばん右の、アールツ家の庭にも、公証人の名の書かれた看板が立っていた。三軒の古い家のどれにもかつての名前は付いていなかった。アントンはどの家が〈ウェルヘレイヘン〉や〈ルステンブルフ〉だったか、なかなか思い出せなかった。もう一軒の隣人のコルテウェフ家が〈ノーイトヘダフト〉に住んでいたことだけが、すぐに蘇ってきた。四軒の家の両隣りにもバンガローが建てられていた。その後ろの空き地だったところには道が通り、新興住宅地になっていた。そして運河の向こう岸の、アムステルダムまで牧場だったところは、まったく新しい地域となり、アパートや企業、幅が広く交通量の多い道が陽光を浴びていた。運河のすぐそばの古い家が数軒と、少し離れたところの風車だけがまだ残っていた。

　サンドラにかつてはどんなふうだったか説明しようとしたが、彼女にはうまく想像できないのがわかった。一度、飢餓の冬が如何にひどかったかをわからせることができなかったのと同じように。道の向かいでヘリンボーンの模様を説明し、〈バウテンルスト〉がどんな姿であったかを描いてみせていると——新しい家の上に、茅葺き屋根と出窓のある古い家のイメージが浮かび上がってきた——、バンガローの中からジーンズを穿き、上半身は裸の男が姿を現した。なにかお伺いしましょうか、という申し出にアントンは、自分がかつて住んでいたところを娘に見せているのだ、と話した。男はよければ中も見ていくように言った。ストメルという名だと彼は名乗った。サンドラは訊ねるような目で父親を見た。住んでいたのはこの家ではなかっただろう、と。だがアントンは唇を尖らせ、目を一瞬閉じて、そういうことにしておこう、とサンドラにわからせた。ストメルが、家の購入を考えている者の言い訳だと思ったようなのがアントンにはわかった。道を渡る時に一瞬、彼の目は歩道のあの場所を見たが、今では正確に特定することはできなくなってしまった。

家の中もすべてが広々として明るかった。廊下や応接間、電灯の下にテーブルを置いたダイニングルームのあった狭くて暗い場所が、今では一方の端に木目調のダイニングキッチン、もう片方に白いピアノのある、ライトブルーのカーペットが敷かれた空間になっていた。部屋の隅では二人の少年がうつ伏せで、こちらを見ることもなくテレビを見ていた。裏庭側の増築された明るい寝室も見せながら、ストメルはまだ五年前に購入したばかりで、残念ながら諸事情で手放さねばならないこと、損失も覚悟の上なことを話した。庭にも出てみた。アントンが何度もくぐり抜けた垣根はなくなっていた。かつての〈ノーイトヘダフト〉に住む隣人――褐色の肌の年配の男性と白髪のインドネシア系の女性は庭のパラソルの下に座っていた。かつて見た、二人の幼い子どものいる感じのいい若夫婦なのだ、とアントンはしばらく経って気づいた。濃い化粧をしたストメル夫人もそこに出てきて、「ストメル夫人です」と名乗った。なにか飲み物をぜひ、と気をつかってくれたが、アントンは家を見せてくれたことに感謝を述べて、暇(いとま)を告げた。ストメルは手を差し伸べる前にジーンズでさっと拭ったが、握手をするとまだ汗ばんでいた。

サンドラと腕を組んで、運河沿いの道のはずれにある記念碑まで歩いて行った。曳舟道があったところには運河に沿って木製の杭が並べられていた。ツツジはそびえたつ壁のように成長し、一面に花をつけていた。その間のエジプトの女性はすでに風化しはじめていた。サンドラは銅板に刻まれた自分の名字を信じがたいという表情で見ていた。なにが起こったのか、彼女がはっきり理解することがけっしてないのは明らかだった。アントンの方は、母親の名前の下に刻まれた名前を見ていた。〈J・ターケス〉。ターケスがいちばん下の弟も人質だったと話していたのを思い出した。弟の名前もここに記されているとは、考えたことがなかった。アントンが頷いたのを見て、サンドラはどうしたのか訊ねたが、なんでもない、と答えた。

しばらくして、デ・ハウト森林公園内の、軍政司令部の車庫跡にあるレストランの満員のテラスで（司令部だったところには新築の銀行が立っている）、彼ははじめてサンドラに、あの夜のヘームステーデの警察署の地下でのトゥルース・コスターとの会話について話して聞かせた。話しながら、そういえばまだそこを訪れたことは一度もないし、今日も訪れることはない、と考えた。サンドラにはなぜ父親が彼女に好意的に話すのかがわからなかった。すべてのことが起こったのは、実は彼女のせいだったというのに！　アントンは体の奥から深い疲労感が広がってくるのを感じた。彼は頭を振り、言った。「誰もが他のなんでもなく、自分がしたことをしたんだよ」その瞬間、彼は確信していた。トゥルース・コスターがそのとおり――あるいはほぼそのとおり、自分に言ったのだ、と。そのすぐ後に、三十五年近い時を経て突然、彼女の声が聞こえてきた。とても小さな声が遠くから。「……彼はわたしが彼のことを愛していないと思ってるの……」彼は身動きせずに耳をそばだてていたが、頭の中は静まり返り、もはやなにも聞こえてこなかった。目に涙が滲んできた。すべてはまだある。なにも消え去っていなかったのだ。背の高いまっすぐなブナの木の間から見える光と平和。対戦車壕跡に立つ背の低い木々。ここで彼は凍った雨が降る中、シュルツとトラックに乗ったのだ。サンドラの手が自分の腕に置かれるのを感じ、彼はその上に自分の手を重ねたが、彼女の顔を見る勇気はなかった。泣き出してしまいそうだったからだ。サンドラはささやくように、トゥルースの墓を訪れたことがあるか、訊ねた。父親が頭を振るのを見て、彼女は今から行こうと言った。

サンドラはまず花屋で、自分のお小遣いで赤いバラを一輪、買おうとしたが、青に近い紫色のバラを手に店から出てきた。赤は品切れだったのだ。それから彼らは車で砂丘にある戦没者墓地に向かった。駐車してあった数台の車のそばに停まると、曲がりくねった小径を通り、砂丘の頂上ではためく旗に向かって歩いた。灌木の虫の羽音と、少し上がってからは旗の音以外には、なにも聴こえなかった。

四方を壁で囲まれた長方形の敷地。整然と熊手で掃かれた砂利に長方形の区画が並ぶ。全体で数百の墓があった。ホースを手にした男が水を撒いている。所々で年老いた人たちが墓に花を供えたり、ベンチに座って小声で話したりしている。名前や言葉がブロンズ色で書かれた高い壁の陰にも、数人の人が座っている。誰も知っている人がいないのを見てとったアントンは、もしかしたらここでターケスに会えるかもしれない、と自分が期待していたことに気づいた。サンドラは庭師に、トゥルース・コスターの墓がどこにあるか知っているか、訊ねた。庭師は考えることなく、彼らが立っていたところの横にある区画を指さした。

カタリーナ・ヘールトラウダ・コスター

1920年9月16日生

1945年4月17日没

　サンドラが青いバラを灰色の石の上に置き、二人は並んでそれを見ていた。静寂に聴こえる旗のはためきと紐が旗竿に打ちつけられる音は、どんな音楽よりも哀しく聴こえた。今、彼女のいる砂の下は、あの時の牢獄よりもっと暗いのだ。戦時中、繰り広げられた悲劇の名残である、数学的に整然とした区画を見渡しつつ、彼は思った。ターケスがまだ生きているなら彼に会って、彼女が彼を愛していたことを伝えなければならない、と。

　だが翌日の午後、ニューウェザイズ・フォールブルフウァル通りに来ると、〈カワウソ〉の建物は取り壊されていた。緑色のタールを塗った塀にすでにポスターが幾重にも貼られているのを見ると、取り壊しからだいぶ経っているのだろう。電話帳にもターケスの名を見つけることができず、彼は探すのをやめることにした。

　二年後の一九八〇年五月にようやく偶然、ターケスをテレビで見た。追悼番組がちょうど終わるところだった。白い顎ひげをたくわえた、印象に残る荒々しい顔をした老人。

コル・ターケス
抵抗運動家

画面にそう書かれていなければ、気づかないところだった。

「くだらないこと言うなよ」ターケスはソファで隣りに座る誰かに向かって言っていた。「ぜんぶがゴミみたいなものにすぎなかったんだ。もうその話はうんざりだ」

それに反してアントンはますます頻繁に、街で小さな白い配達車を見かけるようになった。車体には赤字でこう書かれていた。

㈱ファーケ・プルーフ・サニタリー

2

　そして、海が最終的に、船が失くしたすべての物を波打ち際まで運んでくるように——漂着物を拾う者がそれを夜明け前に探して回収するように——、一九四五年の戦争の夜がもう一度、彼の人生に姿を現した。

　一九八一年十一月半ば過ぎのある土曜日、アントンは堪えがたい歯痛で目を覚ました。すぐに治療が必要なひどい痛みだった。九時きっかりに、二十年以上通っている歯科医に電話をかけたが、出なかった。ためらった末、歯科医の自宅に電話をかけた。歯科医はアスピリンを飲むよう言った。今日は歯痛に関わっている場合ではない、これからデモに参加するからだ、と。

「デモに？　なんの？」

「核兵器反対だよ」

「でも堪えがたい痛みなんだよ！」

「なんで突然そうなるんだ？」

「数日前から前兆はあった」

「もっと早く来れなかったのか？」

「学会でミュンヘンに行ってたんだよ」

「同僚の麻酔科医になんとかしてもらえばよかったのに。ところでお前はデモに参加しなくていいのか？」

「は？　勘弁してくれよ。デモなんて俺には似合わない」

「へえ、歯痛は似合うのか？　いいか、よく聞け。俺も今日、人生ではじめてデモに参加するんだ。診てやってもいいが、お前もいっしょに参加するのが条件だ」

「わかったよ。診てもらえるならなんでもする」

十一時半に歯科医に行くことになった。助手もデモに参加するので不在だが、なんとかなるだろう。

ドイツから戻り、週末をヘルダーラント州で過ごすのを楽しみにしていたが、お流れになった。ペーターと二人で行ってくるよう、リースベットに言ったが、却下された。彼女は看護師のように皿を差し出した。コーヒーメーカーの丸いフィルターが載っていて、中央に一センチほどの萎びた茶色の小枝が置かれていた。先端の小さな球体に萼（がく）がついている。

「これはなに？」

「クローブ。奥歯に詰めて。東インドではいつもそうしていたそうよ」

夫が泣き出さんばかりに自分を抱きしめてきたのは大げさだ、と彼女は思った。

「トンったら、やめてよ」

「残念ながら奥歯に穴はないんだ。なんで痛いのかわからない。でも食べてみるよ」

そうは言ったものの、嚙むのはもってのほかなので食べることはできなかった。ペーターに見られながら、彼は痛みに苦しみ、まるで薬局の入り口の上に付けられた、薬を飲むために口を開けた顔の模型のような顔をして家の中を歩いた。後から参加しなければならない平和デモのことが頭をよぎった。そういえばどこかで記事を読んだのを思い出した。ヨーロッパ最大のデモを目指しているそうだが、それに参加するかしないかは考えもしなかった。天気予報のように単なる情報として読んだのだ。それはある種の現象だ。西暦二〇〇〇年が近づいていて、千年前と同じようにミレニアムへの恐怖がかき立てられている。核爆弾は威嚇のために存在するものだ。平和を保つため、使用されないために。その逆説的な武器が廃止されたら、従来の伝統的な戦争が起きる可能性は高まってしまう。そして、その最終段階として、結局のところ再び核兵器が使用されることになってしまうかもしれない。別の見方をすれば、彼もやはりアメリカの老人、レーガンの発言――限定的な核戦争は考えうる、起こるとすればヨーロッパで全体的な戦争となるだろう――には不快感を覚えた。それを受けて、ソ連の老人、ブレジネフが言語道断、如何なる場合も自分はアメリカを破壊する、と言ったのは、彼にとっては安心材料だった。だがそれもまた、核兵器は廃止されるべきではない、ということを意味する。

彼はクローブの後にリースベットが淹れてくれたカモミールティーを飲んで、ソファでクリプトグラムを解いて時間を潰そうとした。〈太陽神はこの混沌をより明瞭に定義できない？〉という問い。六文字の言葉。まるで奥歯を噛みしめることができないと思考も止まってしまうかのようだった。彼は問いを見つめた。難しくないのはわかるのに、なにも浮かんでこなかった。歯科医院は以前の家のそばにある。十一時に、彼は歩いて行くことにした。

外は肌寒く、曇っていた。顎をネジで締めつけられるような痛みとともに、彼は次第に混雑してくる道を歩いて行った。遠くでヘリコプターが旋回している。少し先に進むと、車も路面電車も走っていなかった。市街地全体が通行止めになっているようだ。車道も同じ方角に向かう人々で溢れ返っていた。多くの人は横断幕を掲げている。外国人の姿も見えた。ターバンを巻き、幅広のズボンを穿いて、剣帯を付けた（欠けているのはピストルと三日月形の短刀のみ）勇ましげな男たちの一団がいた。国を追われたクルド人かもしれない。笑い、歌いながら、アラビア語の書かれた横断幕の後ろを遊牧民の軽やかな足取りで歩いている。横断幕で聖戦（ジハード）を呼びかけていたとしても、誰にもわからないだろう。道はたちまち、四五年五月以来、見たことがないような混み具合になった。大群衆はあらゆる方角からミュージアム広場に向かっていた。後で自分もその中に加わらなければならない、と思うと、歯痛はますますひどくなった。扇動者が行動を起こし、群衆にパニックが起きたとしたら、どんなひどいことになるだろう。今のアムステルダムではなにが起こってもおかしくない！　ヘリコプター以外、幸いにも警察の姿はどこにも見当たらなかった。

医院に着いた彼は呼び鈴を鳴らした。すぐには開けてもらえず、彼は寒さに（あるいは別のなにかに）軽く身震いしながら歩道で待っていた。太陽神は当然、ラー（Ra）だ。それはまちがいない。探している言葉は〈ラーデロース〉（絶望して）だろうか？　それとも、〈ラケット〉（ロケット）？　〈ラファエル〉？　〈ラーテレン〉（ゴロゴロ鳴る）？　それでは〈神の産出〉という意味だ。では〈ラーペン〉（拾う）？　ラーのペンであれば、太陽神が自らの定義づけを書面にした筆記用具、ということになる……。遠くでは群衆が、彼の立つ横道を途切れることなく横断していた。数分後、妻と腕を組み、内反足の脚でやって来た歯科医は吹き出して言った。

「元気そうじゃないか！」

「ああ、笑えよ」アントンは言った。「医者の鏡だな、ヘリット＝ヤン。患者を脅迫するとは」

「すべては人類のため、ヒポクラテスの精神に則ってるってわけだ」

この機会に合わせて、彼はオーストリアの貴族の、緑色をしたハンティング用のローデンコートを着ていた。その下には緑色のニッカーボッカーと濃い緑のハイソックス。内反足用の木底靴がかつてないほど目立って見えた。治療室に入ると、電話が鳴った。

「嘘だろう、やめてくれよ」ファン・レネップは言った。「患者は一人で勘弁してくれ」

かけてきたのはリースベットだった。ペーターが今になって自分もデモに参加したいと言い出したのだそうだ。アントンは、自転車でここまで来て外で待つように言った。ファン・レネップはコートを助手の机の上に放り投げた。

「じゃあ、診せてもらおうか。どの歯だ？」

妻がトイレに行っている間に――デモの最中には行けないので――、歯科医はアントンの口にランプを当てて、指で奥歯を触った。たちまち痛みがアントンの頭に炸裂した。歯科医は灰色の小さな紙片を取って奥歯に載せ、慎重に嚙んでそっと動かすように言った。もう一度、奥歯を見ると、ドリルをフックから外した。

「職業柄……」アントンは言った。「麻酔をかけてもらえるとありがたい」

「バカが。なんでもないんだ。口を開けろ」

アントンは両手の指を絡み合わせた。そして、横に撫でつけられた白髪を見ているうちに、二、三秒、痛みと騒ぎに包まれた後、ファン・レネップが言った。

「もう閉じていいぞ」

奇跡が起こった。痛みが地平線の向こうに、まるで存在しなかったかのように消え去っていた。

「いったいどうやって？」

ファン・レネップはドリルを片づけ、肩をすくめた。

「少し負担がかかってたんだ。年のせいでちょっと上に上がってきたんだよ。口をゆすいだら行くぞ」

「もう終わったの？」治療室に入ってきた妻が驚いて言った。

「おそらくこいつは思ってるんだろうけど……」ファン・レネップが皮肉っぽく笑って言った。「これで俺たちの約束が無効になった、と。だがそれは誤解だよ」

外でペーターを待っている時、アントンが言った。

「ヘリット＝ヤン、君が俺に政治的行動を求めるのは実に二度目のことだって、わかってる？　ちがいは唯一つ、今回は自分にも求めてるってことだ」

「一度目はなんだったんだ？」

「昔、ハールレムのパーティーで、朝鮮戦争に志願しろって言ったんだよ。キリスト教の西欧の、共産主義の野蛮人との戦いに」

　妻が笑いをこらえている中、ファン・レネップは数秒、黙ってアントンを見つめていた。幾筋か向こうの道から、メガホンでがなりたてる声が聞こえている。

「困ったもんだな、ステーンワイク。記憶力が良すぎだぞ！　結局は、お前の方が俺を脅迫するんだ。俺は共産主義者になったわけじゃない。誤解しないでくれ。俺がなるはずないだろう？　育ちは決して変えられないんだから。だが核兵器というのは人類にとって一層大きな脅威なんだ。ある種の、人類を利用するだけの、アウター・スペース（宇宙空間）からの攻撃、とみなすべきだ。あらゆる新たな武装の波は、敵に対する反動というたてまえで起こされる。それを受けた敵もまた反動を起こす。そうやって奴らは絶えず責任を相手になすりつけるんだ。そうやって物事は積み重ねられ、ある日、核兵器が使われることになる。それはまちがいない。統計的に見て避けられない。アダムとエバがある日、知恵の樹の実を食べてしまうという事実と同じくらい確かなことだ。だからリンゴを取り除かねばならないんだよ」

　アントンは頷いた。論拠に啞然としたが、歯科医には変わり者が多いのだ。医学界ではそう知られている。だが彼の主張にも一理ありそうではあった。ペーターがやって来て、自転車に鍵をかけた。ヘリコプターや遠くの騒音の中、ペーターを見ているうちに、アントンの中に甘い感覚が生まれた。それによって自分でも驚いたことに、突然、街で起こっていることに繋がりを感じていた。

集会のある場所が近づいてくると、ほとんど前進できなくなった。墜落するミサイルを形どった大きな黒いバルーンの下、コンセルトヘボウから国立美術館まで数万、数十万の人が、ボードや横断幕——幅十メートルのものまであった——を手に立っていた。そこにさらにあらゆる方角から道幅いっぱいの人々が押し寄せていた。木々や街灯に吊るされたスピーカーから演説ががなり立てられる。遠くの壇上で行われているようだが、内容は彼にはどうでもよかった。これだけ多くの人がここに集まっている、そして自分と息子もその一部である、ということが、突然、彼の心を動かした。ファン・レネップのことはすでに見失っていたが、だから抜け出そうとは思いもしなかった。もはや現実的に不可能でもあった。彼らはまるで上空を漂う草刈がまの下、人間の畑の中の二本の茎のように立ち尽くしていた。アントンのパニック発作はすっかり影を潜めていた。透けるスカーフをウェーブのきいた髪に巻いた、地方から来た高齢の女性。毛皮の襟付きの茶色の革ジャンを着た、口ひげと顎ひげをたくわえた太った男。赤ん坊を抱っこ紐で胸に抱えた若い女性。体をほとんど押し当てるように彼のそばに立っているのは、ペーターの他にはこんなふつうの人たちで、他の誰でもなかった。核兵器反対のスローガンの間に、突然、小さなボードが見えた。

ヨブと共に歩もう

彼はペーターに指し示し、聖書でヨブがどんな人物か、話して聞かせた。拡声器から、この三十分間に二千台のバスがアムステルダムに着いたことが知らされた。すなわち、さらに十万の人が参加することになる、と。歓声と拍手が沸き起こった。拡声器の声は、臨時列車で到着した何千もの人が市内の各駅から流れ込み、ミュージアム広場へのあらゆる道が詰まってしまったことも告げた。だが、とアントンは思った。人間の声をこれほど大きくできるのは、やはりすべて核爆弾の存在と関係している。四十年前にはどちらも不可能なことだった。地球で起こっていることは、もしかしたら人が思っている以上にひどく、解決不可能なことなのかもしれない……。

そこにどれほど長く立っていたか、後から思い出すことはできなかった。ペーターは同じクラスの友だちを見つけてアントンと別れ、もう姿が見えなかった。アントンは一瞬、かつてここに防空壕やドイツ国防軍休養所があったこと、今はアメリカ総領事館、ソ連の貿易使節団、ソシエテ・ジェネラルの入る邸宅が、ドイツの機関に占領されていたことを思い出したが、長くはつづかなかった。政治家の演説には歓声が上がり、その他の人は口笛のブーイングを受けていた。そしてようやく、人の波が一歩ずつ前進しはじめた。人々が異なる道を進みはじめたのを見ると、正式な行進ルートにすべての人は収まりきらないようだ。アントンは奇妙な多幸感に襲われた。高揚感はなく、むしろはるか昔、戦争より前に繋がる夢のような感覚だった。彼はもはや一人ではなく、このすべての人たちといっしょにいるのだ。大騒ぎにもかかわらず、大きな静寂が彼を包んでいた。彼らの存在によってすべてが異なって見えた。彼自身のみならず、家々もその窓も――所々の窓からまるで降伏する街のように白いシーツが下がっていた――、流れゆく灰色の雲、風までもが異なっている。(風は黒いミサイル形のバルーンを揺らし、時折、パンと音がしたかと思うと、バルーンはまたすぐまっすぐに飛び上がった。)

広場の隅で人々は、中心に向かおうとする大きな流れにぶつかった。礼儀正しく笑い、詫びながら、誰もが道を譲り合っている。彼は感動を抑えられずにいた。人々はまったく彼が思っていたように粗野ではなかった――あるいは粗野になったのではなかったのだ。今ここにいる人々がそうでないのだから。それとも、粗野になっていなかった人々がここに集まっているのだろうか？　誘ってくれたファン・レネップに感謝したかった。彼はつま先立ちで歩きながら周りを見渡した。突然、サンドラの姿が見えて、大声で呼びかけた。彼らは手を振り合い、互いのもとににじり寄った。

「嘘みたい！」サンドラは遠くからすでに叫んでいた。「パパ、えらいね！」彼女は父の頬にキスをして、腕を組んだ。「どういう風の吹き回し？」

「無理やりデモに参加させられたのは自分だけだと思うけど、だんだん参加してよかった気がしてきたんだ。やあ、バスチアーン」彼はサンドラのボーイフレンドと握手をした。ジーンズにスニーカー、パレスチナのクーフィーヤを首に巻き、左耳に金の輪を付けたハンサムな青年。あまり好きではなかったが、彼はアントンの孫の父親になろうとしていた。下宿住まいだったサンドラは、数週間前から彼の住むバリケードを築き不法占拠した建物でいっしょに暮らしはじめた。デモに参加したいきさつを話して聞かせるとバスチアーンが言った。

「命令されてここにいるのはあなただけじゃないですよ。ここには警官がうようよしている。見てください」

兵士の一団が現れ、人々の歓声を浴びていた。軍服を見て涙ぐんでいる人々もいた。まるで高価な花束みたいに勝ち誇ったような軍人たちは、若者たちの人垣に護られていた。アントンにはなぜ彼らがもてはやされているのか、理解できなかった。

「若者たちが参加を強要されてるの?」アントンは自分を知っているような目で見つめる年配の女性に気づいた。おそらく自分の患者だろう。彼は曖昧に頷いてみせた。

「バカだなあ、ちがうよ! あそこの男のことだ」バスチアーンはウィンドブレーカーを着て兵士たちの動画を撮っている男を指さした。「警察だ」

「ほんとにそう思ってるの?」

「俺たちはあいつの手からカメラを叩き落とすべきだ」

「ああ、そうしたまえ」アントンは言った。「デモが台無しになるきっかけを警察は待ちわびてるんだから」

「もちろん、偶然を装ってやるんですよ」バスチアーンの作り笑いはアントンをひどく苛立たせた。

「偶然を装う、なるほどな。せいぜい妊婦の保護者として責任のある行動を取ってくれたまえ。孫の顔を見るのを楽しみにしてるんだから」

「わかったから、パパ」サンドラが歌うような調子で言った。「今日はこれまで……じゃあね、パパ。電話するね」

「ああ、行きなさい。警察が強制退去させに来る時には、建物を出てるようにするんだよ。じゃあ、バスチアーン」
口論とまではいかないが、いつもどおりのほぼ義務的な、互いを苛立たせるやりとりだった。

ファン・レネップの姿はもはやどこにも見えず、ペーターも同様だった。彼はゆっくりと流れに従って歩いた。家々の小さなバルコニーに立つ年老いた男性たち、女性たちが戦争で覚えたように、両手でVサインをしていた。小さな楽隊が共に行進し、歩道でもあちこちでお金を要求することなく音楽が奏でられていた。社会全体が揺らいでいるようだ。髪を黄色や紫に染めたパンクたちが、黒いタイツに蚤の市で買ったぶかぶかの、光沢のあるジャケットを着て、路面電車の停留所ではしゃいだように踊っている。これまで彼らのことを怖れていた人たちがやさし気な表情でそれを見ている。空の上でだけは、オランダはふだんどおりだった。飛行機広告が〈イエスのみが平和を与える〉、〈カラー写真、一時間以内で現像。カルファーストラート〇〇番〉などと謳(うた)っていた。駐車してある引っ越し車の上に、いつの間にか十五歳前後の少年が二人、決然と座り、平和行進に対する独自の解釈を示していた。

最初の爆弾はワシントンに

人々はそれに対しては無表情で、気まずそうに手に空咳をするのみだった。ロシア語の横断幕もあり、MOCKBA（モスクワ）という言葉が使われていた。遠くの方のすべての横道で、流れが別の流れと——時には二ヵ所で——交わる様子をアントンは見た。ゆっくりと、信じられない状況が生じていた。彼自身の流れにも別の流れができていた。刻々と周りにいる人が変わっていくのだ。スタットハウダースカーデ通りの真ん中辺りで、突然、仮面を被り、ガラガラ音を立てる黒い姿の一列の人々に横に押しやられた。蛍光色の骸骨が描かれた衣装で中世の伝染病患者を表す彼らは、急いで前進しようとしていた。アントンは誰かにぶつかり、謝った。さっき自分を見つめていた女性だ。彼女は自信なさそうにほほ笑んだ。

「トニー?」彼女が言った。「わたしのこと、覚えてる?」

彼は驚いて彼女を見つめた。六十歳くらいの小柄な女性、髪はほぼ真っ白で、色がとても薄い、少し飛び出た目が分厚いメガネの奥に見える。

「すみません……すぐには思い出せないのですが……」

「カーリンです。カーリン・コルテウェフ。ハールレムで隣りに住んでいた」

3

アントンはまず〈ノーイトヘダフト〉の大きかった金髪の女性が、瞬時に今隣りにいる小さな女性に変わる衝撃を受け、その後、途方に暮れた。

「わたしと話したくなければそう言って」彼女が素早く言った。「すぐにいなくなるから」

「いや、そんなことは……」彼は口ごもった。「ちょっと動揺して……急なことなので」

「ずっとあなたのことを見ていたの。でもあなたがわたしにぶつかることがなかったら、ぜったいに話しかけなかった。ほんとうよ」彼女は詫びるような顔で彼を見上げた。

アントンは落ち着きを取り戻そうと試みた。少し身震いがした。時折、夏の海辺で急に暗く冷たい影が砂浜を覆うように、突然、呪われた戦争の夜が再び現れていた。

「いや、大丈夫です」彼は言った。「こうやって、ここでいっしょに歩いてるのだから……」

「こうなるべきだったのかもしれないわね」彼女は言って、バッグの中の蓋の開いた箱からタバコを一本、取り出した。アントンの手から火を吸って、一瞬、彼を見上げた。「ちょうどこの平和デモで会うように……」

こうなるべきだったのかもしれない――アントンは暗い目でライターをコートに仕舞った。だが、プルーフがあんたたちの家の前に倒れていたのは、そうなるべきではなかったというわけか、と思いながら。体の中で古い毒が上がってくるのが感じられた。分解不可能な毒だ。まるで死体が俺たちの家の前に横たわっていなければならなかったようではないか。彼は一足ずつ彼女の横を進んだ。嫌悪を感じていた。立ち去るのは簡単なことだったが、横にいる女性が彼自身よりも大きな窮地に陥っているかもしれないことも、彼にはわかっていた。

「さっきあなたを見てすぐにわかったの」カーリンは言った。「お父さんと同じくらい大きくなったのね。髪も白髪になって。でもあなたにはどこか、ぜんぜん変わっていないところがあるのよ」

「よくそう言われます。それがいいことなのかはわからないけれど」

「ある日きっとあなたに会うだろうって、ずっと信じてたわ。アムステルダムに住んでるの？」

「そうです」

「わたしは数年前からアイントホーフェンに住んでるの」彼が黙っていると彼女が訊ねた。「どんなお仕事をしてるの？　トニー」

「麻酔科医です」

「ほんとうに？」彼女は驚いて言った。まるでずっと彼がそうなることを願っていたかのような口調で。

「ほんとうです。あなたは？　まだ看護の仕事をされてますか？」

彼女は、自分のことを考えると暗い気持ちになるようだった。

「もうずっと前に辞めたわ。長い間、海外で、問題を抱える子どもたちに携わる仕事をしていたの。オランダに戻ってからも数年してたんだけど、今は社会保障で暮らしてる。体を壊してしまって……」突然、元気を取り戻したように彼女が訊ねた。「さっき話していた女の子、娘さんかしら？」

「はい」アントンは嫌々ながら答えた。彼女は、彼の人生のその部分にはなんの関係もないような気がした。彼女のおかげではなくむしろ、彼女がいたにもかかわらず存在しているのだ、と。

「娘さんがあなたのお母さんに似てるって知ってた？　何歳？」

「十九です」

「おめでたなのね。おなかよりも表情でわかるわ。ほかにもお子さんがいるの？」

「二番目の妻とのあいだに息子がいます」彼は辺りを見渡した。「この辺にいるはずですが」

「お名前は？」

「ペーターです」彼は言って、カーリンを見つめた。「十二歳です」彼女が驚いているのが見てとれた。彼女を混乱から救い出すために彼は言った。「お子さんは？」

カーリンは首を振って、自分の前にいる女性の背中を見た。年老いた男性の座る車椅子を押している。

「結婚しなかったの……」

「お父さんはまだ生きてますか？」訊ねながら、アントンはその問いに、自分の意図に反して皮肉な意味合いが含まれることに気づいた。

彼女は再び首を振った。

「もうずっと前に亡くなったわ」

彼らは群集の中、黙って少しずつ前進した。シュプレヒコールが一瞬、止まった。まだ音楽はあちこちから聴こえていたが、彼らの辺りでは誰もなにも言わなかった。カーリンは話したがっているが、自分から話しはじめる勇気がないことをアントンは感じていた。ペーター……永遠の十七歳。生きていれば今、五十四歳だった。自分の年齢よりもこの計算の方が、すべてがどれほど昔のことかを示していた。今、隣りを歩く、年を取ったかつての若い女性も同様だ。自分を興奮させた、飛行機の翼の流線形をした美しい脚は、年齢に応じてゴツゴツし、くすんでいる。ペーターを最後に見たのは彼女だったのかもしれない。自分はこれから本の最終章を書きはじめるのだ、と意識した作家が、不安と安堵を同時に感じるように、彼は言った。

「カーリン、聞いて。誤魔化し合うのはやめましょう。あなたは打ち明けたくて、ぼくは聞きたいと思っている。あの夜、正確になにが起こったんですか？　ペーターはお宅の中に逃げてきた？」

彼女は頷いた。

「わたしたちのことを殺しに来たんだと思った」彼女は小声で、自分の前の背中から目を離すことなく言った。「わたしたちがしたことに対して……」一瞬、彼女は彼を見つめた。「ピストルを持っていたから」

「プルーフの拳銃です」

「後にそうだと聞いたわ。突然、彼が部屋の中に立っていたの。ひどい姿で。部屋には灯油ランプしか点いてなかったけど、全身汚れて恐ろしい顔つきなのが見えた」つづきを話す前に、彼女は唾を呑んだ。「お前たちは悪人だと言われた。お前たちを撃ち殺してやる、って。彼は絶望して、どうすればいいかわからなくなっていた。ドイツ兵たちに後を追われ、もう家からは出られない。わたしは、すぐにピストルを手放すように言ったの。どこかに隠そう、と。奴らが来たら、殺人者と思われてしまうから」

「ペーターはなんと言いましたか？」

カーリンは肩をすぼめた。

「わたしの言うことを聞いてさえなかったと思う。ピストルを振り回して、外の物音に耳をそばだてていたから。父はわたしに黙るように言ったわ」

アントンは後ろ手を組み、ゆっくりと前進しながら道を見据え、一瞬、眉をしかめた。

「なぜですか？」

「わからない。なぜかは訊かなかったから。後からはけっしてあの夜のことを話そうとしなかった」彼女は一瞬口をつぐんだ。「でも彼らはペーターがうちに入るのを見たから、うち中探して、当然、ピストルを見つけるでしょう。そうなったらわたしたちも共犯者としてただちに殺されていた。そうだったでしょう。どういう経緯でピストルがあるかまずは調べる、なんていうことはなかったはずよ」

「あなたが言ってるのはつまり……」アントンはゆっくりと言った。「お父さんにとって、ドイツ兵たちが犯人とみなすであろう人間が自分たちに狙いを定めているのは好都合だった、ということになりますね」そして、カーリンがわずかに頷くと、「だとしたら、お父さんはそれによってドイツ兵たちにペーターが犯人だと確信させたようなものだ」

カーリンはなにも言わなかった。二人は一歩一歩、緩やかな川のような人波を流されていく。横道から十六歳前後の、スキンヘッドの少年たちの一団が加わった。黒い革ジャン、黒いズボン、踵に鉄の鋲の付いた黒いブーツというういでたちで。彼らは誰のことも見ずに、行進を横切って橋を越え、反対方向に歩いていった。

「それから?」

「しばらくすると、軍隊が辺り一帯に詰め寄せた。どれだけ時間が経ったかは覚えてないわ。わたしは死ぬほど怯えていた。ペーターはずっとわたしたちに狙いを定めていた。そこに突然、外から騒ぎと叫び声が聞こえてきた。ペーターがどうするつもりだったのかはわからない。本人にもわからなかったんだと思うの。もはや自分に勝ち目がないのはわかってたはずよ。なぜあの時、わたしたちを撃ち殺さなかったのか、何度も考えてみた。あの瞬間のペーターには失うものなどなかったのだから。もしかしたら彼も、結局のところ、わたしたちの罪ではないとわかっていたからかもしれない。つまり……」自分が言いたいことを言ってもいいか見るために、彼女は一瞬、彼を見上げた。「死体はあなたたち、あるいは他の誰かのところより、わたしたちのところにあるべきだったわけじゃないって。ペーターがわたしたちのところに戻そうとしたのを見たの。そして……」

「それはまったくわかりません」アントンは彼女を遮って言った。「ベウマー家の前に置こうとしていたかもしれない。ベウマー夫妻、覚えてますよね？　あの二人はお年だったから。お宅の前に戻したら、あなたのお父さんと殴り合いになっていたかもしれない」

カーリンはため息をついて顔を撫でると、絶望的な目でアントンを見つめた。アントンには彼女が見てとったのがわかった。彼は今まず、その後なにが起こったのかを聞きたいけれど、彼の方からは頼まないであろうことを。頭をぐいっと反対方向に向けた。まるでそちらに助けを乞うかのように。助けが得られずにいると、彼女は言った。

「ああ、トニー……闇の中に透き間があったんでしょう。庭に出るドアに。そこから奴らはピストルを手にしたペーターを見たのよ。突然、ガラスの向こうから銃弾が飛んできた。わたしは床に伏せたけど、ペーターには一発で命中したと思う。しばらくして彼らがドアを蹴飛ばして入ってきて、まだ何度かカービン銃を床に向けて発砲した。まるで獣を撃つかのように……」

太陽神はこの混沌をより明瞭に定義できない？　そういうことだったのだ。アントンは一瞬、空を仰いで深呼吸した。広告飛行機にはためく布を見るとはなしに見ながら。彼の歩く平和デモは、三十六年前の、自分がその場にいなかった出来事よりも遠くにあった。彼がカーリンとすごろくをしたあの部屋――ペーターが透き間から殺されたあの部屋よりも。

「それから？」彼は訊ねた。

「もうはっきりと覚えてないの……」その声から泣いているのがわかったが、アントンは彼女を見なかった。「わたしはなにも見なかった。父とわたしはすぐに庭に引きずり出された。まるでわたしたちにまだ危険なことが起きるかのように。長い時間、寒い中、立たされていたと思う。彼らがあなたたちの家の窓を割るガラスの音だけ、覚えてるわ。他にもまだ大勢のドイツ人が来て、家の中に出たり入ったりしていた。それからわたしたちは空き地を越えて連れて行かれた。そこにも車が停まっていて、軍政司令部に連行されたの。でもその前に遠くでひどい爆発音が聞こえた。彼らがあなたたちの家を爆破した時に……」

彼女が黙った。アントンは軍政司令部で廊下を横切るコルテウェフを見たのを思い出した。温かな牛乳、シュマルツを塗ったパン……。彼は自分がまるで強盗にめちゃくちゃにされた部屋のように乱されるのを感じた。だがそれと同時に幸福な気持ちも蘇った。たちまちシュルツの記憶によってかき消されてしまったが。彼がトラックのタラップのところで仰向けにされた記憶……。彼は一瞬、両目をぎゅっと閉じ、見開いた。

「事情聴取を受けたんですか？」

「父とは別に事情聴取されたの」

「その時、どういう事情だったか、話しましたか？」

「ええ」

「ペーターはまったく関係ないと聞いて、なんと言ってましたか？」

「彼らは肩をすくめていた。彼らもそう思ってたのよ。ピストルはプルーフのものだろうって。でもその間に他の人を捕まえたって言ってた。若い女性……わたしのまちがいでなければ」

「そうです」アントンは言った。「ぼくもそう聞きました」四歩、歩いてから、彼はつづけた。「あなたと同年代の女性です」彼は考えた。いますべてを知って、永遠に埋めてしまおう。その上に石を転がして、二度と考えないことにしよう、と。「わからないことがあります」彼は言った。「彼らはペーターがあなたたちをピストルで脅かしているのを見たんですよね。なぜそうなったか、彼らに訊かれなかったんですか？」

「もちろん訊かれたわ」

「それに対してなにを話しましたか？」

「真実よ」

彼女を信じるべきか、彼にはわからなかった。別の見方をすれば、その時のカーリンはまだおそらく、彼の両親がもはやなにも話せなくなってしまったとは知らなかったはずだ。彼自身にも話すことはできたのだ。だが彼にそれを訊ねた者はいなかった。

「つまり、プルーフが最初はあなたたちの家の前に横たわっていたと？」

「ええ」

「そして、あなたたちが死体をうちの家の前に置いたのだと？」

彼女は頷いた。彼が自分に再度、屈辱を味わわそうとしていると受け取ったかもしれないが、そうではなかった。三十秒ほどの間、どちらもなにも言わなかった。彼らは並んでデモ行進をしながら、同時にここにはいなかった。

「奴らが自分たちの家をも燃やしてしまうという怖れはなかった？」

「燃やしてくれたらよかったのよ」カーリンはまるでこの質問を待っていたかのように即答した。

「すべてが起きてしまった後に、わたしがどんな気持ちだったと思う？　奴らがそうしていたら、わたしはちがう人生を歩んでいたわ。あの瞬間には、奴らに撃ち殺してほしかった。ペーターに撃ち殺されてもよかった」

彼女が心から言っているのがアントンにはわかった。一瞬、彼女に触れたくなったが、そうはしなかった。

「そう聞いた奴らはなんと言ったんですか？　司令官もそこにいましたか？」

「わからないわ。事情聴取したのは平服のドイツ人だった。最初は……」

「顔に傷のある男でしたか？」

「傷？　なかったはずよ。なぜ？」

「つづけてください」

「最初はただわたしを見ずにこう言った。『誰がどこでなにをどうやったかは、わたしの知ったことではない』って。今でもよく覚えてる。それから突然、ペンを置いて、腕組みをして、尊厳をこめて『おめでとう』と言ったの」

アントンはその好意に対しておめでとうと言ってやりたくなったが、自分を抑えた。

「お父さんにそのことは話しましたか？」

夢を見ているような調子でカーリンは言った。

「父はわたしがなにを話したか、知らなかったし、わたしも父がなにを話したか、知らなかった。父に会えたのは翌朝、家に帰るのを許された時だった。わたしが口を開くより先に父がこう言ったの。『いいか、カーリン、俺たちは今後、断じてこの話はしない。わかったな？』って」

「あなたはそれに従った?」

「父は二度とその話はしなかった。残りの生涯、一言たりとも。家に戻って燃え跡を見て、ベウマー夫人から聞いた時にも。あなたのお父さんと……あなたのお母さんも……」

車椅子の男性を押す女性は、他の流れに呑み込まれて消えていた。メガホンを持った女性の指揮で、拍手とともに再びスローガンが叫ばれていたが、メガホンを通さないその他の声は立ち消えてしまう。ほとんどの人は黙って歩いていた。まるで亡くなった愛する人の棺の後につづくように。歩道を埋め尽くして立つ見物客が行進を見ていた。歩いている人たちと見ている人たちの間には差があった。どこか冷ややかな、戦争に関わる差異だ。

「終戦後、何年かして……」アントンが言った。「一度、ベウマー家を訪ねたことがありました。あなたたちは解放後、すぐ引っ越したと聞きました」

「ニュージーランドに移住したの」

「ほう」

「そう」カーリンは彼を見上げた。「父があなたのことを怖れていたから」

「ぼくのことを?」アントンは笑って言った。

「新たな人生を始めたい、と言ってたけれど、わたしはあなたと直面するのが怖かったんだと思う。解放の翌日から、逃げ出す準備を始めたわ。ある日、大人になったあなたが父とわたしに復讐に来るのが怖かったにちがいない」

「馬鹿な!」アントンは言った。「ぼくはそんなこと、思いつきさえしなかったのに!」

「でも父はそう思ったのよ。解放の数日後にあなたの伯父さんがうちに訪ねてきたの。でも伯父さんが名乗った途端、父はドアを閉めてしまった。その瞬間から父の心は一時も休まることがなかったの。数週間後にまずロッテルダムのわたしの伯母の家に身を寄せた。ロッテルダム港に父のかつての知り合いがいたから、わたしたちはその年の年末よりも早く、貨物船に乗せてもらえたの。オランダからニュージーランドへの最初の移住者に含まれていたのかも」突然、彼女は奇妙な冷たい視線で彼を見つめた。「そしてそこで……」彼女は言った。「四八年に自殺したの」

それを聴いたアントンの驚きは、たちまち同意と満足の気持ちに変わった。まるで今、実際に自分が復讐したかのように。ペーターの殺人者は三十三年前に復讐を受けていたのだ。ターケスはこれをどう思うだろう？　自分が発砲した銃弾の三年後にまだ死者が出ていたと知ったとしたら。

「なぜ？」彼は訊いた。

「なんて言ったの？」

「なぜ自殺したのかと言ったんです。自衛のための手段だったんでしょう？　なによりもあなたを救うためだったのかもしれない。お父さんはただ偶然にほんのちょっと手を貸しただけだったはずです」

どこかで人の流れが止まってしまったようで、彼らはほとんど前進できなくなっていた。カーリンが頭を振った。

「そうではなかった？」アントンが言った。

「奴らが個人宅の住人まで射殺するとは誰も思ってなかったでしょう。それまで、そんなことになったことはなかったから……ペーターがピストルを手に入ってきた時はじめて、命に関わる状況になったのよ」

「まだわかりません。お父さんはつまり、ただ単に自分の家よりうちが燃やされる方がよかった……なるほど、褒められたことではないが、わからない話ではない。その後、収拾のつかない状況になるとは、お父さんには予測できなかったでしょう。わざと死者が出るようにしたわけではなかったはずです。良心の呵責（かしゃく）があった、あるいは怖れていたというのは想像がつくけれど……自殺するほどのことではなかったのでは？」

彼はカーリンが唾を呑むのを見た。

「トニー……」彼女は言った。「あなたに話さなければならないことが他にもあるの……」彼女は立ち止まったが、すぐに一歩前進しなければならなかった。「銃声が聞こえて、プルーフがうちの前に横たわっているのを見た時、父は一言、こう言っただけだったの。『なんてこった、トカゲが……』って」

アントンは目を見開いて、彼女の向こうを見た。トカゲ……そんなことがあるだろうか？　すべてはトカゲのせいだった？　トカゲが究極の罪人？

「つまりこういうことですか」彼は言った。「トカゲさえいなければ、すべては起こらなかった、と」

物思いに耽りつつ、カーリンは彼の肩から髪の毛を取り、親指と人差し指を擦って道に落とした。

「トカゲが父にとってどういう意味をもつのか、わたしには最後までわからなかった。永遠とか不死、秘密のようなものをトカゲの中に見ていたのか。どう表現すればいいのか、わからない。幼い子どもたちがいつでも秘密をもっているようなものなのかも。何時間でも、トカゲたちと同じくらい動かずにじっと見ていたのよ。母の死ともなにか関係しているのでしょうけれど、わたしにもよくわからないから訊かないで。飢餓の冬にどれほど苦労してトカゲが死なないようにしていたことか。それがほとんど唯一、世界の中で父が関心をもっていることだった。もしかしたら、わたしよりもトカゲのことを大切に思っていたのかもしれない。トカゲたちが唯一残された、心のよりどころのようなものだったの」

　行進は完全に止まってしまった。分かれていた流れが徐々に主だった集団に合流しようとしているために、道はますます詰まってしまった。彼らは今、幅の広い横断幕のすぐ後ろにいて、横断幕がだらりと垂れているせいで視界を遮られていた。

「でも、すべてが起こってしまった時に……」カーリンが話をつづけた。「ペーターが死に、あなたの両親が亡くなり、突然、ただのトカゲになったのかもしれない。ただの生き物に。軍政司令部から戻ってすぐ、父はぜんぶのトカゲを踏み殺してしまった。二階から、気が触れたように滅茶苦茶している音が聞こえてきたわ。それからドアに鍵をかけて、わたしが入れないようにした。何週間も経ってからようやく片づけて、残骸は庭に埋めていた」カーリンは自信がないという仕草をした。「もしかしたら、生きていることができなくなったのは、こう理解したからかもしれない。自分の爬虫類（はちゅうるい）に対する愛のせいで、三人の人が亡くなってしまったのだ、と。だから、いつかあなたがきっと自分を殺しに来るだろう、と」

「そんなはずないでしょう」アントンは言った。「ぼくはそんなこと、知りもしなかったのに」

「でも、わたしは知っていた。そして父はわたしが知っていることを知っていた。だからわたしは無理やり地球の裏側まで連れて行かれたのよ。ぜんぜん行きたくなかったのに。でも最終的に、父は殺されるのにあなたをまったく必要としていなかった。あなたが父自身の中にいたのだから」

　アントンは気分が悪くなってきたのを感じた。カーリンの説明は現実よりさらに残酷でさえあるようだった。彼は先ほどの涙の跡のついたカーリンの顔を見た。早くカーリンのもとを離れて、二度と会わないようにしなければならない――だが後一つ、どうしても知っておかねばならないことがあった。彼女はまだ話していたが、もはや独り言に近かった。

「父はどこまでも不幸な人だった。トカゲの世話以外にはずっと地図ばかり見ていたわ。ムルマンスク（大戦中、連合軍の援助物資揚陸地点）への道、アメリカ軍の護衛……イギリスに逃げるには父は年を取りすぎていたから……」

「カーリン」アントンの声に彼女は黙り、彼を見上げた。「あなたたちは家にいて、銃声を耳にした。そして、プルーフが倒れているのを見て、外に出て死体を動かした。そうですね？」

「ええ、父がわたしに命じたの。父は一秒以内にそう決断したのよ」

「聞いて。あなたたちはプルーフの両端を摑んだ。お父さんが肩の方で、あなたが足の方を」

「あなた、見てたの？」

「それはどうでもいい。ぼくが知りたいのは一つだけ、なぜあなたたちは死体をうちの前に置いて、反対側のアールツ家の前に置かなかったのか、ということです」

「わたしはそうしたかったのよ！」カーリンは突然、興奮して、手をアントンの腕にあてて言った。「わたしにとっては当然のことだった。死体があなたたち――あなたとペーターのところではなく、アールッツ家の前に置かれるべきなのは。彼らは二人きりだし、わたしのぜんぜん知らない人たちだったから。すでにわたしがそちらに向かいはじめた時、父が言ったの。『そっちは駄目だ。ユダヤ人が隠れてるんだ』って」

「なんだって⁉」アントンは叫んで、頭を摑んだ。

「そうなの、わたしも知らなかったんだけど、父は知っていたのよ。若夫婦と幼い子どもが隠れていたの。四三年からすでに。解放の日に彼らの姿をはじめて一瞬、見たわ。プルーフがあっちに横たわっていたら、あの人たちが殺されていたのはまちがいない。彼らもわたしたちがどうしたかは見ていたはずよ。でもどういういきさつだったかを知ることはなかった」

近所付き合いを一切しないが故、皆に嫌われていたアールッツ夫妻。彼らは三人のユダヤ人の命を救ったのだ。そしてそのユダヤ人たちが――彼らのところにいることによって――アールッツ夫妻の命を救ったのだ！　ありとあらゆる難点にもかかわらず、コルテウェフ氏は良い人でもあった！　それによってプルーフの死体は反対側に置かれることとなった――自分たちのところに。それによって……アントンはこれ以上、堪えることができなくなった。

「さようなら、カーリン」彼は言った。「失礼します。ぼくは……どうかお元気で」

返事を待つこともなく、絶望的な気持ちのカーリンを置き去りにし、彼は顔をそむけて人混みに突っ込んでいった。彼女が二度と自分を見つけないよう、ジグザグに曲がりながら。

4

落ち着きを取り戻すまでしばらくかかったが、それほど長い時間ではなかった。彼はまだ前進している（あるいは再び動き出した）行進の一部にたどり着き、流れに身を任せた。まるでこの何十万もの人が彼を助けているようだった。この絶えることのない生命の流れ、運河に架かる橋の自分の前後に見える人々が。いまだに横道から現れる大人数の集団によって、流れは膨らみつづけている。突然、なにかが自分の手に触れるのを感じた。ペーターが笑いながら彼を見上げていた。彼も笑い返したが、目頭が熱くなるのに気づいた。彼はペーターの方に屈み、なにも言わずに温かなつむじにキスをした。ペーターがなにか話しはじめたが、なんと言っているのかはアントンにはわからなかった。

誰もが有罪であり、無罪であるのか？　有罪は無罪で、無罪は有罪なのか？　三人のユダヤ人……六百万のユダヤ人が殺された。ここを歩いている人の十二倍だ。だが生命の危険にさらされていることによって、その三人は知らぬ間に他の二人と自分たち自身を救っていたのだ。そして彼らの代わりにアントンの父と母、ペーターが亡くなった。トカゲごときのせいで……。

「ペーター」アントンは声をかけたが、自分を見上げる彼を見ると、ただ笑って頭を振った。ペーターもほほ笑み返した。その瞬間、彼は思った。〈ラヴァージェ〉(荒廃)。ラヴァージェにきまってるじゃないか。それが太陽神(Ra)の曖昧な(vage)定義だ。

そして、ダム広場を目指して西教会まで来た時、突然、彼らのはるか後ろからかすかに、多くの人のひどい叫び声が聞こえてきた。叫び声はこちらに迫ってくる。皆、驚いて振り返った。なにが起こったのか? 今はなにも起こってはならない! それは明らかに恐怖の叫びだった。止むことはなく、次第にこちらに近づいてくる。彼らのところまで届いても、まだなにも起こらなかった。だが全員がまた突然、意味のない叫び声を上げはじめた。ペーターも、そしてアントンまでもが。しばらくすると叫び声は彼らのところを通過して、残された彼らを笑いに包んで前に移った。ラートハウス通りのカーブで叫び声は消えた。しばらくしてペーターはもう一度、叫び声を起こそうとやってみたが、うまくはいかなかった。だが数分後には叫び声が後ろからまた聞こえてきて、彼らのところを通って前方の遠くに消えていった。叫び声が街中を駆け巡っているのだとアントンは理解した。最初の波はすでにミュージアム広場に戻っている。最後の波はまだ起こっていない。ぐるっと回り、皆が笑いながら叫んでいる。だがそれは恐怖の叫び——自らが形を成すために人間を用いる、人類の古来からの大波なのだ。

だがそれがどうしたというのだ？　すべては忘れ去られた。叫び声は消え、波は平らになり、道から人の姿は消え、再び静かになる。背の高い痩せた男が息子につかまりデモ行進している。彼は〈戦争を体験した〉。最後の戦争体験者の一人として。自分の意に反してデモに参加することになった。一瞬、彼の目がきらりと光った。まるで彼がそれを可笑しなことだと思っているかのように。そして、まるで遠くになにかを聞いた人のように少し頭をかしげて、街を歩いて出発点に向かう。頭をさっと動かして、まっすぐな白髪を後ろにはらい、足を引きずるようにして。靴が灰煙を舞い上がらせるようだった――どこにも灰は見えないけれど。

一九八二年一月～七月、アムステルダムにて

訳者あとがき

本書はオランダを代表する作家、ハリー・ムリシュ（一九二七年ハールレム生まれ、二〇一〇年アムステルダム没）の世界的に最も知られる小説 *De aanslag*（一九八二年、デ・ベージへ・バイ社）のオランダ語からの全訳である。日本ではこれまでに『天国の発見』（*De ontdekking van de hemel* 一九九二年、デ・ベージへ・バイ社、邦訳二〇〇五年、バジリコ）と『過程』（*De procedure* 一九九八年、デ・ベージへ・バイ社、邦訳二〇一〇年、国書刊行会）を紹介した。どちらも後期の作品で、科学の発達により、遺伝子組み換え等、神の領域に人間が踏み込むことへの警告をテーマとする。『天国の発見』は六十五歳の誕生日に六十五章からなる小説を発表しようと決め、それを遂行。モーゼの十戒を取り返すことを目的に、天使たちが地上に送った少年クインテンの壮大な冒険を描いた九百ページの大作は、今も〈史上最良のオランダの小説〉ランキングで一位に選ばれつづけている。

一方、国内外で作家としての地位を不動のものとした『襲撃』は、日本語を含む三十の言語に翻訳されてきた。一九八六年に映画化もされ（邦題『追想のかなた』）、アカデミー賞の外国語映画賞にも輝いた。

二〇二二年二月、ロシアによるウクライナ軍事侵攻が始まり、核戦争の不安が募った折、ふと思った。いつかはこの戦争も文学作品になるのだろうか……第二次世界大戦について『襲撃』が書かれたように、と。今、日本で『襲撃』を読んでいただけるといいかもしれない、と考えたのをきっかけとして、河出書房新社で刊行していただくことになった。

物語は一九四五年、食料も燃料も乏しい〈飢餓の冬〉に始まる。ハールレム市に暮らす十二歳の少年アントンは、ひもじいながらも両親と兄とともに穏やかな暮らしを送っていた。ある夜、対独協力者の警視プルーフが家の前の通りで抵抗運動家に射殺され、アントンは無実の罪を着せられた両親と兄と突如、離ればなれになってしまう。アムステルダムの伯父夫婦宅に身を寄せるが、一夜にあまりにも強烈な体験をしたため、戦後も二度と無邪気な子どもに戻ることはなく、人や物事との距離を保った冷めた大人となっていった。だがどれだけ時間が経ち、自分は平気だ、すべて忘れたと思っていても、戦争の傷跡はけっしてアントンの人生から消え去ることはない。医師となり、大切な家族もいてよい暮らしをしているが、折に触れて「襲撃」に関わる人たちが過去から姿を現す。そのたびに少しずつ事件の全貌が明らかになっていく様子を、読者は息を呑み共に体験する。驚きの後にはもう一つ驚きがあり、最後まで読書に緊張が伴う。

「誰もが有罪であり、無罪であるのか？　有罪は無罪で、無罪は有罪なのか？」真相を知ったアントンはそう自問する。それはムリシュ自身が深く考えざるを得なかったテーマだ。ムリシュの父親はオーストリア・ハンガリー帝国の軍人だった。父親より十六歳も年若い母親はベルギーで生まれ育ったユダヤ人だが、彼女の両親もドイツとオーストリアからの移住者だった。第一次世界大戦時に兵士として母親の実家に出入りしていた際に、まだ幼い母親に出会った。「わたしが存在するのは、第一次世界大戦のおかげだ」とムリシュは語っていた。

戦後、アムステルダムに移住した未来の妻の両親を頼って父も移住。一九二六年に結婚し、一年後にムリシュが誕生するが、母親は社交好きで家にじっとしているタイプではなかった。ムリシュはドイツ人の家政婦、フリーダの手で育てられる。雷が鳴っても潜り込むのは母親ではなく、フリーダの布団だった。後に次女に〈フリーダ〉と名づけるほど、ムリシュは彼女に母親以上の愛情を抱いていた。『襲撃』でアントンが伯父夫婦に育てられることに独特の心地よさを感じるのは、母親に育てられなかったムリシュに重なる。

父親は第二次世界大戦下、ユダヤ人から没収した財産を管理する銀行の頭取をしていた。戦後は対独協力者として三年間、投獄されることになるが、ユダヤ人の母親が強制収容所を免れることができたのは、父親の職業のおかげだった。両親はムリシュが九歳の時に離婚し、自由を好む母親はアムステルダムで一人暮らしをしていたが、別れた夫は妻を救うことができた。

「わたしが第二次世界大戦だ」――対独協力者の父とユダヤ人の母という相反する両親から生を授かったムリシュのこの発言が、もっとも的確に彼を表す。父親の行いはたしかにまちがっていたが、そうでなければ母親は死んでいた。『襲撃』の中で善と悪についてアントンが熟考したり、抵抗運動に携わっていた義理の父親が「この世界では、良い事柄にも必ずや悪い面が含まれている。だがそれ以外にもまた別の面もあるのだ」と言ったりするのは、ムリシュのこの特殊な生い立ちを反映している。

「明日、すべてが変わってしまうかもしれない。だが、その時はその時で自分はそれに対処していけると経験上、知っているから、わたしはいつも陽気でいられるのだ。小さなことでくよくよ悩んでいる人間が馬鹿らしく思える」という言葉は本心にちがいないが、娘のフリーダはインタビューでこう語った。「父はとても脆く思えた。わたしたちにはけっして話さないことがたくさんあったにちがいない。時々、思うことがあった。一旦、父の心の壁をいじってしまうとすべては崩れてしまう、と。戦争であれほど多くの体験をすれば当然のこと。家族も友人たちも、父には慎重に接しなければならないと直感していたと思う」(二〇一一年、デ・フォルクスクラント紙)。これもまたムリシュという人物の正確な描写なのだろう。

学生時代、勉学に興味がもてたことはなく、成績は芳しくなかった。思春期には屋根裏部屋の自室を実験室として、化学や錬金術の実験にいそしんだ。高校を中退し、「わたしが生涯、取った資格は運転免許だけ」と豪語していた。ラテン語、古代ギリシャ語も自由に読み、錬金術、数学、カバラ……さまざまな学問を独学で学ぶムリシュに、凡人の学校教育は必要なかっただろう。

興味の対象が化学実験から女性に移行していった頃、書く楽しみにも目覚めた。十七歳で書いたショート・ショートがエルセヴィア誌に載った。雑誌をめくり、自分の名前が目に飛びこんできた時、これこそ自分が生涯つづけていく仕事だと確信したという。一九五二年にデビュー作 *Archibald Strohalm*（『アーヒバルト・ストローハルム』）を上梓。青年、アーヒバルトの苦悩を内面的に掘り下げて描いた作品は、二十歳から二十五歳までの作家を対象とするライナ・プリンセン・ヘールリフス賞を受賞した。

フリーダと父がつづけて亡くなったのを機に、一九五七年、ハールレムを後にアムステルダムに引っ越した。一九五九年に、連合軍の兵士として旧東ドイツを空爆し、戦後トラウマを抱える元アメリカ兵の愛憎を描いた小説、*Het stenen bruidsbed*（『花嫁の石のベッド』）を発表し、その後十年は小説を書かなかった。一九六一年に雑誌のルポルタージュのために傍聴したアイヒマン裁判で、それまで知られていなかったアウシュビッツ生存者のすさまじい体験談を聞き、精神的に追い詰められたムリシュは政治活動に没頭した。

雑誌の取材で訪れたキューバでは、共産主義で実現される社会に感銘を受け、オランダに戻り〈キューバと団結委員会〉を設立し、代表を務めた。ベトナム反戦活動も行い、「世界で戦争をしているのに小説など書いている場合ではない」と感じていた。国内でプロヴォ（反政府の過激派）が盛んな折には、仲間とともにコンセルトヘボウにラッパを持ち込み、公演妨害の指揮を執ったこともある。コンセルトヘボウ管弦楽団は国民の税金で成り立っているのに、訪れるのはごく一部の裕福な者のみに限られることへの抗議だった。

メディアでの自信に満ちあふれた態度、派手な容姿に派手な女性関係で、ムリシュは目立つ存在だった。文壇で敵視されることもあったが、毎週レストランで集う仲間も存在した。七〇年代には革命熱も冷め、再び作家活動にもどる。一九七〇年の小説 *De verteller*（『語り手』）以降は主に詩集をつづけて発表。七七年にはそれまでの全作品に対してP・C・ホーフト賞を受賞した。

その後、『襲撃』が世界的な成功を収めたことについてはこう述べていた。「物語には平易な内容を難解に語る方法と、難解な内容を平易に語る方法がある。『襲撃』は後者にあたり、それによって多くの読者を得ることとなった」。ル・モンド紙の書評の言葉――「明瞭で奥深く、知識人の楽しめるギリシャ悲劇のような探偵ミステリー」が本書を巧みに表現している。

　この重要な代表作が生まれたのは、実は偶然のなりゆきだった。未完に終わった『モスクワの発見』の執筆中、物語に孤児を登場させることにした。ドイツ軍の報復によって両親を失った少年にしようと思いついた直後に、凍った運河沿いの四軒の家が頭に浮かんできたという。七ページほどの短いエピソードを書くつもりだったのに、話は膨らむばかり。スタンレーナイフでノートからその部分を切り取ったものが、最終的に独立した小説となった。「『襲撃』は小説によって書かれた小説」と語ったのは、そんな経緯を示している。

　だが本書は単に筋立てが明快な、罪と責任を道徳的に問う戦争文学であるだけではなく、心理・観念小説でもある。〈石〉や〈灰〉、〈光〉、〈闇〉などさまざまな要素を散りばめることによって、一読では気づかない、錬金術を用いたような複雑な作品に仕上がっている。

　例えば〈石〉のモチーフ。アントンの名字、ステーンワイクには〈steen（石）〉が含まれる。物語中、象徴的なモチーフである〈サイコロ〉はオランダ語で〈dobbelsteen〉（サイコロ遊び、賭け事をする石〉、やはり〈石〉が含まれる。二度目にサイコロが姿を現すトスカーナの別荘では、壁から岩が室内に突き出ていて、そこに触れるアントンに「地球全体を摑んでいるような」気分を与える。最初の妻と出会ったロンドンのウェストミンスター寺院にも〈スクーンの石〉がある。さらに、兄と息子の名〈ペーター〉は〈岩〉あるいは〈石〉を意味するギリシャ語に由来する。真相が明らかになることによって、アントンがみずからの痛ましい過去を覆っていた〈ステーン＝石〉が〈ワイクする＝退く〉という解釈もあった（一九九一年、レキシコン・ファン・リテレーレ・ウェルケン誌）。

タイトルは当初考えていた*As*（灰）にはならなかったが、〈襲撃〉のオランダ語〈aanslag〉にはaとsが含まれている。主人公の名前の頭文字もASだ。デビュー作『アーヒバルト・ストローハルム』もやはりAS、ムリシュの母親アリス・シュワルツの頭文字も然り。アントンと最初の妻のサスキア、娘のサンドラの名前もASの組み合わせになっている。その〈灰〉もまた火山灰やストーブの灰、タバコの灰、空き地を肥沃にする灰として何度も出てくる。物語の結末にも印象的に用いられ、余韻を残す。

〈歯〉も全体を繫ぐモチーフを成す。物語は母親の歯痛で始まり、アントンの歯痛からの解放で終わる。かつての家の跡に〈金歯が詰められていた〉という表現もある。思いもしなかった多幸感を得るデモへの参加は、治療をしてくれた歯科医のおかげ。

そのデモで偶然見かけるボードから、アントンが息子のペーターに話したヨブ記の内容は「不当な試練という永遠の問題がテーマで、みずからが巻き込まれた試練の意味を理解しようとする」

（ブリタニカ国際大百科事典）というもの。アントンの人生、『襲撃』のテーマがぴたりと重なる。

この他にも小説の随所に隠されたシンボルや繋がりがあり、それを見つける楽しみもある。アントンは両親を失い、新たな父母を探す。牢獄という闇の世界に母を、のちに地下室という地下の世界に父を見いだすことにギリシャ神話との相似性がある――前出のレキシコン・ファン・リテレール・ウェルケン誌ではそう解釈されていた。ネット上の〈オランダ文学のための電子図書館（DBNL）〉のサイトにはその他にも本書に関する多くの記事があり、興味深い。

登場人物の幾人かには実在のモデルがいたことも知った。プルーフの殺害は、四四年十月にハールレムであった警官ファーケ・クリストの殺害事件にインスピレーションを得ている。少年アントンが暗闇で話をし、のちにトゥルース・コスターと知る女性は、ハニー・スハフトという抵抗運動家がモデル。トゥルースという名は別の抵抗運動家から取られた。そのグループの指導者はコル・ルスマンという名だった。

葬儀で葬られたシュールトはフライ・ネーデルラント誌の編集長であったH・M・ファン・ラントワイク。葬儀後に暗唱される詩は彼のもので、アムステルダムにあるファン・ラントワイク記念碑の壁に書かれている。参列者の大臣や詩人、出版者も実在の人物がモデルとなっている。

ステーンワイク家があったとされるハールレムの通りには多くの読者が見物に訪れたそうだが、実在の家がモデルになったわけでも、そこで殺害事件があったわけでもない。記念碑も実在はしないが、映画では観ることができる。アントンの心の動きや深い洞察がていねいに描かれていることが本書の魅力であり、映画はその点では物足りないが、全体の流れを摑む助けにはなる。アントンが学友の誕生日にプレゼントする「若いハールレム出身の作家の小説」は映画で観るとムリシュ自身のデビュー作『アーヒバルト・ストローハルム』であるのがわかる。

戦時中、子どもを護衛団でアムステルダムに連れていくというようなことが実際にあったか、ムリシュがオランダ戦争資料研究所で訊ねたところ、「ありえない」という答えだった。フィクションということでそのままにして、ドイツ軍の将官に「(そんな危険な目に遭わせるとは)ハールレムの連中は全員、正気を失ったのか?」と言わせている。

割れた鏡の裏から見つかったイタリア語の新聞記事には隠された意味があるのだろうか? ご存命であればお伺いしたかったところだ。

ムリシュさんには一度だけ、『天国の発見』の刊行前にご自宅で会っていただいた。緊張で倒れそうだ、と言うと笑顔でお水を出してくださったムリシュさんに、『天国の発見』を訳すことが生涯の夢だったとお話しした。書き込みだらけのわたしの原書を手に取り、「大変な仕事だったね」と驚き、〈サキへ! 仕事と理解に感謝して!〉と書いてくださった。出版記念にオランダ文学基金の助成で日本にご一緒する計画は、ご高齢のため実現しなかったが、日本語版を喜んで、自伝(次ページ参照)を含むいちばん大切な本を置く場所に置いてくださっていたのをドキュメンタリーで拝見した。物語のイメージに合わせてプラハのユダヤ人墓地の墓石をカバー写真にしていただいた『過程』を間に合って手に取っていただくことはならなかったが、ご遺族がムリシュさんの机に置いてくださっているのを、お亡くなりになった時に新聞で拝見した。

一九九八年、翻訳をはじめたばかりの頃、オランダ文学基金の方々と日本にご一緒させていただいた。以後二十五年、自分なりに良質のオランダ文学の紹介を心がけてきた。当時は文学基金の熱心なスタッフで、四年半前に会長となったティツィアーノ・ペレッ氏はこう話してくださった。『襲撃』はオランダ文学の中で初めて世界的な成功を収めた作品。モダンクラシックだが、時代も国境も超えて読み継がれる価値をもつ。戦争がテーマで善悪についての考察が重要であるだけではなく、文学的でドキドキ楽しめるエンターテインメント性も兼ね備える。様々な読み方ができる本書が日本に紹介されることを嬉しく思う」

わたしにとっては二十五年にして、本書が日本に紹介させていただくちょうど二十五作品目になる。『天国の発見』をとおして今も繋がっているムリシュさんの、天からのお計らいのように感じている。

今回も訳者あとがき執筆にあたりムリシュさんご本人とオノ・ブロム共著の伝記、*Mijn getijdenboek 1927-1951, Zijn getijdenboek 1952-2002*（『わたしの聖務日課書　一九二七-五一、彼の聖務日課書　一九五二-二〇〇二』、二〇〇二年、デ・ベージへ・バイ社）を参考にした。すでに『天国の発見』の訳者あとがきにまとめてあった経歴は加筆修正した。

ムリシュ文学はもっと日本に紹介されるべき、と刊行に至るようご尽力くださった河出書房新社の島田和俊さん、丁寧なお仕事で助けてくださった校正者の方に心からお礼を申し上げたい。いつもどおりオランダ語のあらゆる疑問点に答えてくれた息子はアムステルダム自由大学とアムステルダム大学で歴史学を学び、ユダヤ人虐殺について研究をつづけている。抵抗運動博物館、アンネ・フランク財団、アムステルダム歴史博物館でインターンシップをしていたこともあり、わたしには調べられなかった歴史上の事柄を調べてもらえた。

ウクライナでの戦争は未だ終わりが見えず不安だが、刊行から四十一年を経た今、『襲撃』を日本語で読んでいただけることは純粋に嬉しい。ムリシュ文学について自信をもって解説できる十分な知識がないことが遺憾だが、少しでも作品理解に役立つことを祈っている。

「自分にとって〈書く〉ということは、現実に旅行に行って得た経験について書くというようなことではない。書くこと自体が経験であり、錬金術と相似している」とおっしゃっていたムリシュさん。本書のもつ物語を超越した力を感じていただければ幸いだ。伝記の裏表紙に書かれているムリシュさんの言葉で締めくくりたい。「わたしは人生で自分の辿ってきた道を、物事を理解するための源、生命の泉だと考える。誰もが自分の過去をそのように見るべきであろう」

二〇二三年五月、アムステルダムにて

長山さき

著者略歴

ハリー・ムリシュ

Harry Mulisch

1927年オランダ生まれ。20世紀後半のヨーロッパを代表する作家。父は第二次世界大戦下、ユダヤ人からの没収財産を管理する銀行の頭取を務め、戦後、対独協力者として3年間投獄される。一方、母はユダヤ人で、母方の祖母はガス室で殺された。52年、小説『アーヒバルト・ストローハルム』でデビュー。その後、『花嫁の石のベッド』(59)、『語り手』(70) のほか、詩集や劇作も手がけ、77年には、それまでの全作品に対してP・C・ホーフト賞を受賞。82年、本作『襲撃』を発表し、世界40か国以上で出版され、原作映画『追想のかなた』(86) は、アカデミー外国語映画賞受賞。後期代表作に、『天国の発見』(92)、『過程』(98) など。97年オランダ獅子勲章コマンデュール賞を受勲。2010年アムステルダムで没。

訳者略歴

長山さき

Saki Nagayama

1963年神戸生まれ。関西学院大学大学院修士課程修了。文化人類学を学ぶ。1987年、オランダ政府奨学生としてライデン大学に留学。以後オランダに暮らし、現在アムステルダム在住。訳書に、H・ムリシュ『天国の発見』『過程』、T・テレヘン『ハリネズミの願い』『おじいさんに聞いた話』、P・テリン『身内のよんどころない事情により』、S・コラールト『ある犬の飼い主の一日』など。

襲撃

2023年6月20日　初版印刷
2023年6月30日　初版発行

著　者　ハリー・ムリシュ
訳　者　長山さき
装　丁　森敬太
発行者　小野寺優
発行所　株式会社河出書房新社
〒151-0051 東京都渋谷区千駄ヶ谷2-32-2
電話　(03) 3404-1201〔営業〕(03) 3404-8611〔編集〕
https://www.kawade.co.jp/
組版　株式会社創都
印刷　モリモト印刷株式会社
製本　小泉製本株式会社

Printed in Japan
ISBN978-4-309-20885-5